처음으로

はじめての

처음으로

요아소비 소설집

시마모토 리오

츠지무라 미즈키

미야베 미유키

모리 에토

김은모 옮김

RHK
알에이치코리아

목
차

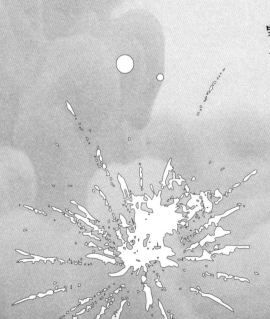

私だけの所有者

나만의 소유자

시마모토
리오

첫 번째 편지

처음 뵙겠습니다.

뵌 적도 없는 선생님께 이런 말을 쓰니 어쩐지 기분이 이상하네요.

애당초 저는 이 나라에 보호(아니면 보관이라고 해야 할까요)될 때까지 누군가에게 편지를 써본 적이 한 번도 없습니다. 문장이 가끔 이상해진다면 제 사양 때문이 아니라 경험이 부족한 탓이라고 이해해주시면 감사하겠습니다.

이 나라에 운송되고 3개월의 보호 관찰 기간이 지나 정부로부터 통지서를 받아 읽었는데요. 저로서는 아직 약간 당황스럽습니다. 왜냐하면 저 자신도 무슨 일이 발생했는지 백 퍼센트 정확하게 파악하고 있다고는 할 수 없기 때문입니다.

그러므로 편지를 쓸 때 발생한 일을 최대한 정확하게 기술하라는 요청에 부응할 수 있을지는 아직 모르겠습니다. 그래도 최선을 다할 생각입니다.

그렇다고는 해도 정부에서 요구한 사항이 너무 많네요. 아무리 노력해도 저는 아이큐가 110 정도까지만 올라가도록 설정됐으니까요.

느닷없이 이런 불평이나 험담 같은 말을 하면 벌칙의 대상이 될까요? 하지만 분명 괜찮겠죠. 자신에게 불리할 줄 알면서도 가끔 주장이나 선언을 하는 것은 제가 가진 인간다운 면모 중 하나이기도 하니까요.

뭘 적고 싶은 건지 스스로도 갈피를 못 잡겠네요. 그도 그럴 것이 지난주에 정부의 통지서를 받고 거의 아무 정보도 얻지 못한 상태로 이 편지를 쓰기 시작했습니다.

그래서 선생님이 뭘 알고 싶으신 건지 솔직히 저로서는 아직 잘 모르겠습니다.

그러나 제게 불필요하게 정보를 많이 제공하면 무슨 짓을 할지 모른다고 걱정하는 심정은 이해하고 정보를 제공하지 않는 것이 적절한 대응이라고도 생각합니다. 정보는 모든 가능성의 입구니까요.

현재 제게 주어지는 정보와 간섭을 최소 필요한 수준으로 유지하고 최종 지침이 정해질 때까지는 보호 관찰 기간을 연장하겠다는 결정에 이의는 없습니다.

일단 제가 선생님에 관해 아는 바를 알려드릴게요.

세대 차이 때문에 의사소통과 언어 감각 측면에서 더 큰 문제가 발생하지 않도록 젊은 여성 연구자가 선발됐다는 것. 더구나 선생님의 전문 분야가 인공인간 이론이라 제가 태어난 나라의 연구 사업에도 정통하므로 더 바람직한 적임자는 없다는 것. 직접 만나는 건 양쪽(제게도 권리가 있다는 전제에 놀랐습니다) 모두에게 금지됐으며 앞으로 그 결정이 뒤집히지 않더라도 편지라면 어느 정도 자유롭게 의사소통해도 된다는 것.

이만큼 기술이 발전해도 정보를 철저히 통제하고 누군가를 엄중히 감시하려고 하면 편지라는 가장 아날로그적인 방법에 다다르는군요. 재미있습니다.

선생님이 쉽게 상상할 수 있으시도록 제가 어떻게 지내는지 약간만 언급할게요.

이 섬의 보호시설은 원생림原生林을 빠져나가면 나오는 험준한 벼랑 위에 있습니다.

아침에 일어나 창문을 열면 새로 끼운 쇠창살 너머로 제 모국처럼 바다가 펼쳐집니다. 자랄 대로 자란 풀과 나무 사이에서 뛰쳐나온 토끼와 사슴이 가끔 테라스로 들어와서 떠들썩해지기도 하고요.

실내에는 1인용 침대와 책상, 내부 배터리를 충전시키기 위한 휴대용 전원 공급 장치, 욕실과 화장실이 있습니다. 하기야 마지막 두 가지는 제게 필요 없지만요.

길게 쓰다 보니 취침 기능이 작동했네요. 오늘은 이만 펜을 놓겠습니다.

깨어났을 때 모든 결정이 뒤집혀서 제가 소각되지 않기를 바라며.

두 번째 편지

안녕하세요, 선생님.

오늘은 깨어나자 하늘과 바다가 같은 색깔이라 시야가 파랗게 물들었습니다. 녹색 식물이 한층 무성하게 자라나는 초여름 아침이에요. 바다에 물결을 일으키며 출항하는 하얀 배가 창문으로 보였습니다.

그리고 저는 책상 앞에 앉아 이 편지를 쓰기 시작했습니다.

지난주에 보내주신 답장 감사히 잘 읽었습니다. 상상했던 것보다 제 지능이 높아서 선생님 주변 사람들이 놀랐다는 칭찬은 어쩐지 부끄럽더군요. 제 모국에서는 저보다 훨씬 뛰어난 성능을 가진 안드로이드가 이미 생산됐으니까요.

하지만 인공지능체의 개발이 진행되지 않은 나라에서는 저희가 정말로 사람처럼 감정을 표현하는 것만으로도 놀랄지 모르겠네요. 참고로 소유자가 불쾌한 일을 겪지 않도록 언어 능력은 나이에 비해 약간 높게 설정되는 사례도 있을지 모르겠습니다.

그럼 이제 선생님들이 원하시는 대로, 제가 모국을 탈출해 이 나라에서 발견되고 보호받기까지의 경위를 설명해드릴게요.

제 모국에 대해서는 연구자인 선생님께서 더 잘 아실지도 모르겠네요.

원래 부유층 대상 관광산업으로 경제를 유지하던 작은 나라가 2000년대 후반부터 국가 예산을 투입해 연구자와 기술자를 적극적으로 초빙했고 환경문제도 포함해 미래를 예측하는 세계 최고 수준의 시스템을 개발함으로써 예전과는 비교도 안 될 만큼 경제력이 강해졌다는 사실은 제가 새삼 설명할 필요도 없겠죠.

그러나 새로이 탄생한 기술은 반드시 모방당할 운명이라는 걸 모국의 높은 사람들도 당연히 알고 있었을 겁니다. 한번 얻은 것을 내려놓기는 쉽지 않다, 언젠가 제 소유자가 들려준 말입니다.

그 결과, 제 모국은 다른 나라와 합의한 공동 연구 윤리를 무시하고 대담하게도 안드로이드 개발에 박차를 가했는데요. 기술로 성공한 나라가 바깥 세계와 관계를 끊고 개발을 밀어붙이다니 저로서는 어쩐지 모순처럼 느껴집니다. 하지만 분명 제 이해력이 부족한 거겠죠.

그리고 선진국들이 제 모국에 일제히 비난을 퍼부었을 무렵에는 이제 와서 중지하려면 '대량 살인'을 저지를 수밖에 없을 만큼 인간형 인공지능의 생산이 진행된 뒤였습니다.

제가 태어났을 때 아름다운 관광지였던 예전의 흔적은 이미 사라지고 없었습니다. 수도에서는 거대한 요새 같은 빌딩에 수많은 인간과 안드로이드가 뒤섞여 생활하는가 하면 경제적으로 낙후된 지역은 그대로 방치된 섬으로 폐허처럼 변해버렸죠.

저는 일반 기업용이 아니라 가정용으로 개발된 안드로이드입니다.

나이는 아이의 사랑스러운 면모가 남아 있으면서 노동력도 겸비한 열네 살로 설정됐습니다. 계속해서 성장하는 사양이 아니라서 기본적으로 사고 능력이 고도로 발달하지는 않아요. 주된 용도는 잡일과 집안일 등입니다.

소유자에게 위화감을 주지 않도록 다양한 표정을 지을 수 있으며 적극적이고 헌신적이라는 기본 성격이 일률적으로 탑재돼 있습니다. 비싼 가격 때문에 먹고 마시는 기능은 빠졌고요.

안드로이드를 함부로 부수거나 안드로이드에게 폭력을 행사해서는 안 된다는 법률이 만들어지기는 했어도 안드로이드가 폭주했을 때는 그 법률이 적용되지 않습니다.

제가 정비실에서 눈을 떴을 때 담당자에게 제일 먼저 들은 설명이에요. 이야기가 끝나고 이해가 안 되는 점이 있으면 물어보라기에 질문했습니다. "안드로이드가 폭주했으니까 부숴도 된다는 판단은 누가 하나요?"라고요.

담당자는 "소유자야." 하고 바로 대답했어요. 그렇다면 안드로이드는 사람이 아니라 물건이냐고 재차 질문하자 담당자는 고개를 저었습니다. "너희에게도 최소한의 권리는 보장돼. 다만 인권을 존중하려는 게 아니라 사회 질서를 유지하기 위한 규칙이지. 사람인 동시에 물건이라고밖에 표현할 방법이 없겠군. 그렇지만 그게 너희들에게 주어진 운명이야. 이 세상에는 인간으로 태어났으면서도 핍박받는 사람이 많아. 그에 비하면 소유자가 존재하고 필요성이 인정되고 굶주림이나 고독을 느끼지 않는 너희는 행복한 셈이지."

행복이라는 말이 무슨 뜻인지 아직 잘 이해가 되지 않아서 좀 더 깊이 파고들어 생각해보려고 했습니다. 하지만 갑자기 띵하니 머리가 멍해져 하는 수 없이 고개를 끄덕였습니다. 담당자가 설명한 대로 저는 너무 복잡한 생각을 할 수 있도록 만들어지지는 않았던 거예요.

원래 갖추고 있는 지식과 노동 능력에 이상이 없는지 확인하고 소유자를 대하는 말투를 한 달쯤 연습한 후 저는 주문자의 자택으로 발송됐습니다.

거기는 수도에서 약 두 시간 거리의 비교적 치안이 좋은 바닷가 도시였습니다. 수다 떨기를 좋아하는 배달원이 경제가 폭발적으로 성장한 대도시를 벗어나 좋았던 옛 시절의 인간다운 삶을 추구하는 사람들이 주로 산다고 가르쳐주더군요.

나만의 소유자

배달원과 함께 도착한 저를 맞이해준 분이 바로 미스터 나루세였습니다.

미스터 나루세는 피부가 거무스름하고 부리부리한 눈이 날카롭게 느껴지는 분이었습니다. 꼿꼿한 자세에서는 신기한 박력이 느껴졌고요. 그런 겉모습과는 어울리지 않게 재킷과 셔츠를 격식 있게 차려입고 은테 안경을 쓴 모습이었습니다.

미스터 나루세와 거실 소파에 마주 앉은 오후, 저는 배운 대로 인사했습니다. "만나서 반갑습니다. 나루세 주인님. 소인은 주인님 곁에 올 수 있어서 정말로 행운"까지 말했을 때 미스터 나루세가 무뚝뚝한 말투로 끼어들었습니다. "그렇게 고리타분하고 딱딱한 머슴 같은 말투는 다른 사람한테나 써." 하고요.

당황해서 "그럼 뭐라고 하면 될까요? 주인님이 하라시는 대로 따르겠습니다." 하고 묻자 그는 즉시 답했습니다. "미스터 나루세라고 해."라고요.

알겠사옵니다, 하고 말하려다 또 혼날 것 같아서 "알겠습니다." 하고 바로 말을 바꿨습니다.

이어서 미스터 나루세는 "이 집 뒷문 밖에 있는 정원에 어린아이 혼자 살 만한 크기의 별채를 준비했어. 한 지붕 아래 살지는 않을 거야. 출입할 때는 부엌의 뒷문으로 다녀. 일주일 치 갈아입을 옷도 거기 놔뒀어." 하고 말했습니다.

저는 분부대로 하겠습니다, 하고 대답했습니다. 그리고 문득 궁금해져서 미스터 나루세에게 물어봤죠. "이 집에 미스터 나루세 말고 다른 가족분은 안 사시나요?" 하고요.

언짢은 질문이라도 들었다는 듯 미스터 나루세의 표정이 한순간 일그러졌습니다.

"물론이지. 나 혼자니까 이런저런 일을 시키려고 널 구입한 거야."

그리고 그는 차갑게 덧붙였습니다. 2년 전에 세상을 떠난 아내의 짐이 아직 남아 있으니 청소할 때 먼지 정도는 털어주라고요.

미스터 나루세가 시킨 대로 집 뒤쪽 정원으로 가자 마치 우주에서 떨어진 외계 생명체의 알이 땅에 박힌 것처럼 반원형의 오두막이 있었습니다.

안으로 들어가자 침대에 흰옷이 개어져 있더군요. 저는 얼른 공장에서 입혀준 제복을 벗고 옷의 틈새에 머리를 집어넣었습니다. 옷감이 둥실 부풀어 오르며 제 상반신을 폭 감쌌습니다. 저는 윗도리와 짝을 맞춘 바지를 입고 미스터 나루세의 시중을 들기 위해 집으로 돌아갔습니다.

미스터 나루세는 집안일을 전반적으로 제게 맡겼습니다. 늦은 밤까지 서버 코드를 짜는 그를 위한 식사 준비, 청소와 세금 관련 서류 정리, 고장 난 기기 수리 등 자잘한 일들은 확실히 끊이지 않았습니다.

첫날 밤에 식사를 하던 미스터 나루세가 가까이 서 있던 제게 불쑥 물었습니다.

"먹고 마시지 못한다. 물에 흠뻑 젖으면 안 된다. 그것 말고 유의할 사항은 없어?"

저는 잠시 생각한 후 대답했습니다.

"통상적으로 사용하는 범위 내에서는 파손될 우려가 없다고 공장에서 배웠어요. 악의를 품고서 파괴하려고 강한 힘을 가하거나 내부에 침입하는 자가 있으면 별개지만요."

설마 소유자가 그런 짓을 하지는 않을 테니 저는 웃어 보이고는 농담이에요, 하고 덧붙였습니다. 그러자 미스터 나루세가 갑자기 고함을 질렀습니다.

"안드로이드가 그런 농담이나 하면 못써!"

저는 깜짝 놀라서 바로 사과했습니다. 죄송해요. 다시는 안 할게요. 미스터 나루세는 먹다 만 음식을 남겨두고 자기 방으로 갔습니다.

저는 음식 폐기물을 처리기에 넣으며 "넌 인간보다 내구성이 강해서 부러워. 하기야 내부 침입에 관해서는 인간보다 예민하고 섬세한 측면이 있지만." 하고 연수 중에 희미하게 웃으며 말했던 담당자를 원망했습니다.

욕실 청소까지 끝내고 저는 오두막으로 돌아갔습니다.

바다 위에 뜬 달에 잘 자라고 인사하듯 작은 창문의 가림막을 내리고 침대에 누워 내부 배터리를 휴식시키기 위해 잠들었습니다. 저는 최대 180시간 동안 연속 가동할 수 있습니다. 그래도 계속 가동 상태에 있으면 내부 배터리에 부담이 커지고 무엇보다 인간과 생활 리듬에 차이가 생기므로 표준 설정에 규칙적인 취침이 포함돼 있습니다.

시키는 대로 일만 잘하면 미스터 나루세는 제게 그렇게까지 터무니없는 소리를 하지 않았습니다. 다만 이따금 예상치도 못한 부분에서 호통을 쳤는데 저로서는 아무리 지나도 그 이유를 납득할 수가 없더라고요. 왜냐하면 미스터 나루세는 말을 그렇게 많이 하는 사람이 아니었기 때문입니다.

이렇게 쓰면 선생님은 저를 가엾게 여기실지도 모르겠네요. 그렇다면 마음 쓰지 않으셔도 됩니다. 미스터 나루세를 모시는 것만이 제가 이 세상에 태어난 의미이고 그 역할을 다할 수 있는 한 안드로이드는 '가엾지' 않습니다.

그러고 보니 미스터 나루세가 자주 하던 말이 또 있었습니다. "안다는 건 쓸데없는 감정을 짊어지는 것이다."라는 말이죠.

저는 지금도 그 말에 대해 매일같이 생각합니다. 쓸데

없는 감정은 어떤 형태일까. 그래도 사람이 쓸데없는 감

정을 짊어지는 이유는 무엇일까.

지금도 계속 생각해요.

또 밤이 왔습니다. 안녕히 주무세요.

세 번째 편지

안녕하세요.

밤새 몰아치던 폭풍이 잠잠해졌습니다. 물결은 아직

높지만 하늘은 아주 맑고 파래요.

오늘 아침에 도착한 편지를 얼른 읽었습니다.

편지에서 선생님은 제가 가엾지 않다고 해도 미스터

나루세와 함께한 생활이 행복했다고는 할 수 없는 것 아

니냐고 질문하셨죠. 확실히 조금 어려운 문제입니다.

안드로이드에게 행복이란 소유자의 의사에 따라 소유

자가 바라는 바를 이뤄주는 것입니다. 미스터 나루세와

함께한 생활은 대부분 긴장감으로 가득했고 저는 늘 제

나만의 소유자

(023)

미진한 능력 때문에 의기소침했습니다. 그러니 분명 행복했다고 할 수는 없을지도 모르겠네요.

다만 행복하지 않다고 해서 불행하다는 뜻은 아니겠죠?

미스터 나루세는 업무 능력은 뛰어났지만(의뢰가 끊이지 않아서 몹시 바쁜 것만 봐도 알 수 있었습니다) 그 외의 모든 측면에서 요령이 없는 소유자였습니다.

그는 제게 아는 것은 쓸데없는 감정을 짊어지는 것이라고 일러주는 한편으로 "넌 아무것도 몰라."라는 말도 자주 했습니다.

그래서 모순되는 이 두 가지 말 때문에 종종 고민했답니다. 미스터 나루세가 뭘 바라는지 이해해 실행하는 것이 제 유일한 존재 이유인데 정작 소유자 본인이 바람을 구체적으로 알려주지 않은 셈이니까요.

그래도 저는 그의 말을 조금이라도 더 이해하고자 노력했습니다. 그러기 위해서는 인간 아이처럼 책을 읽고 배우는 것이 좋지 않을까 싶더군요.

그러나 안드로이드가 인터넷에 접속하는 건 절대 허용되지 않습니다. 접속하려고 하면 자동으로 차단되므로 대신 미스터 나루세의 ID로 도서관에서 책을 빌리기로 마음먹었습니다.

미스터 나루세에게 머뭇머뭇 그 뜻을 전하자 알았어, 공부에 힘쓰는 건 좋은 일이지, 하며 예상외로 선선히 허락해줬습니다.

저는 역사와 민족에 관한 책을 많이 읽었습니다. 인간과 안드로이드의 차이를 알기 위해 동물학과 생물학도 공부했고요.

미스터 나루세는 제가 무슨 책을 읽든 간섭하지 않았습니다. 다만 딱 한 번 그가 식사하는 동안 식탁 구석에서 인간 남녀의 생식에 관한 책을 펼쳤을 때는 갑자기 기분 나빠하며 짜증을 부리는 어린아이처럼 소리쳤습니다. 그딴 건 너한테 필요 없으니까 읽지 마, 하고요.

저는 당황해서 책을 덮었습니다. 하지만 미스터 나루세의 분노는 가라앉지 않았어요. 넌 인간뿐만 아니라 너 자신에 대해서도 이해하지 못해, 너 때문에 너무 화가 나, 하고 잇달아 고함을 질렀죠. 그때만큼은 제가 사과해도 용서해주지 않고 한 시간이나 야단을 쳤습니다. 저는 어쩌면 좋을지 몰라서 계속 사과했고요. 죄송해요.
죄송해요. 당신의 기분을 이해하지 못해서 죄송합니다.
저는 몰라요. 저는 어차피 기계니까요, 하고.

밤중에 혼자 오두막에서 쉴 때는 가슴에 손을 대고 인
간이 기도하는 흉내를 내봤습니다. 내일은 미스터 나루
세의 마음을 좀 더 알 수 있게 해주세요. 그렇게 소원을
빌면 허무함이라고나 해야 할 감정이 회로를 천천히 흐
르고 나 자신이 기계라는 사실에 대한 무력감과 소유자
에게 더욱 헌신해야 한다는 사명감에 휩싸이며 기능이
정지됐습니다.

이만 줄여야겠네요.

안녕히 주무세요.

네 번째 편지

새벽녘에 강한 진동이 느껴져 긴급 가동됐을 때는 누
군가의 공격이 시작된 줄 알았어요.

다행히 정부 부처 직원이 바로 연락을 준 덕분에 혼란에 빠지지 않았습니다. 이 나라에서는 이렇게 강한 지진이 자주 일어나는군요. 이런 상황에서도 국민이 차분하게 생활하다니 대단하다고 감탄했습니다.

선생님이 좀 더 자세하게 알고 싶다고 하신, 미스터 나루세와 함께하는 일상의 이야기로 돌아가죠.

제가 미스터 나루세의 집에 온 지 반년이 된 날 아침, 그가 커피를 마시면서 느닷없이 "오늘은 남동생 부부가 올 거야." 하고 알려줬습니다. 저는 놀라서 "미스터 나루세, 남동생이 있으세요?" 하고 물어봤죠.

미스터 나루세는 늘 그러듯 언짢은 듯한 표정으로 "동생과 사이가 틀어져서 2년 반이나 안 봤어." 하고 설명했습니다. 그의 아내가 죽고 나서 흐른 시간과 일치한다는 사실을 깨닫고 혹시 뭔가 관계가 있을까 궁금해졌습니다.

미스터 나루세의 남동생 부부는 언덕까지 바닷바람이 부는 오후에 찾아왔습니다. 바람을 타고 밀려오는 파도 소리가 실내에서도 들렸습니다.

미스터 나루세의 남동생은 커다란 눈을 빛내며 "네가 형님의 소중한 아이로구나. 만나서 반가워." 하고 저와 악수했습니다. 그가 형님의 소중한 아이라는 표현을 아무렇지도 않게 사용해서 놀랐죠. 입을 너무 크게 벌려서 입속이 눈에 훤히 들어올 정도였어요. 남동생은 복잡한 면모를 지닌 미스터 나루세와는 전혀 딴판으로 보였습니다.

그리고 그의 아내도 저와 악수했어요. 예쁘게 차려입은 아내의 두 귀에서는 큼지막한 다이아몬드가 빛났습니다.

그때 그녀 뒤에서 한 소녀가 고개를 내밀었습니다. 아내의 파란색 드레스를 어린아이용으로 줄인 듯한 드레스를 입은 그 소녀는 안드로이드였습니다.

미스터 나루세의 남동생이 제게 "이 아이는 우리의 소중한 루이즈란다." 하고 소개했습니다.

이 집에 온 후로 저 말고 다른 안드로이드와 만날 기회는 없었던지라 기뻐서 "만나서 반갑습니다." 하고 웃음을 지었죠.

하지만 루이즈는 저를 힐끗 보더니 남동생 아내의 손을 잡고 가족의 한 사람처럼 제 앞을 가로질러 갔습니다.

소파에 앉은 루이즈는 긴 머리를 번갈아 쓰다듬어주는 남동생 부부의 손길을 당연하다는 듯 받아들였습니다. 커피 시중을 위해 그 옆에 서 있으니 점차 비참한 기분이 들더군요.

안드로이드 주제에 소유자들의 돈으로 치장을 하고 컵이 비어도 알 바 아니라는 듯한 표정을 짓다니. 루이즈가 대체 그들에게 무슨 도움이 된다는 걸까. 그런 의문으로 회로가 가득 차오르던 그때, 일을 마친 미스터 나루세가 방에서 나왔습니다.

그는 어색하게 남동생과 악수한 후 웬일로 약간 웃음을 지으며 먼 곳까지 오느라 고생 많았다고 감사의 말을 전했습니다. 그리고 제게 루이즈와 오두막에 가 있으라고 지시했습니다.

저는 어쩔 수 없이 자, 이쪽으로, 하고 루이즈에게 손짓했습니다.

루이즈를 부엌에 있는 뒷문으로 데려가려 하자 루이

즈는 손님이니까 앞문으로 나가, 하고 미스터 나루세가 말을 덧붙였습니다. 그 말을 듣자 어쩐지 기분이 좋지 않더군요. 그사이에 루이즈는 재빨리 현관으로 가서 문을 열었습니다.

한순간 바닷바람이 집 안까지 들어오자 모두가 입을 다물었습니다.

제가 다가가자 루이즈가 작게 중얼거렸습니다. "바다는 비릿한 냄새가 나서 불쾌해." 하고요. 실례라며 어깨를 잡으려던 제 손을 피해 루이즈는 밖으로 뛰쳐나갔습니다.

정원의 오두막은 지난 반년간 바다의 소금기와 바람에 노출돼 군데군데 빛이 바래고 손상됐습니다. 루이즈는 녹슨 흰색 외벽을 신기하다는 듯 바라봤습니다. 지금까지 외벽에 때가 묻든 흠집이 생기든 신경 쓴 적 없었는데 갑자기 부끄러워지더라고요.

오두막에 들어가자 루이즈는 "안은 깔끔하네." 하고 말했습니다. 남동생 부부가 빨리 루이즈를 데리고 돌아가면 좋겠다는 생각이 들었습니다. 미스터 나루세와 단

둘이 조용하고 긴장감 있게 생활하던 시간이 처음으로 그리워졌습니다.

저는 루이즈에게 "세 분은 무슨 이야기를 하는 걸까?" 하고 말해봤습니다. 그러자 루이즈가 당연하다는 듯 "아빠는 앞일을 그와 상의하기 위해 온 거겠지?" 하고 대답했고 저는 무심코 "앞일이라니?" 하고 되물었습니다.

"내 아빠와 네 소유자의 돌아가신 부모님은 원래 연구 개발을 위해 해외에서 초빙된 기술자였잖아? 부모님이 이 나라의 발전을 위해 힘을 쏟아 개발한 정보 네트워크를 통제하려고 정부가 압력을 가하자 네 소유자는 반대에 나섰어. 무엇보다 그 자신의 업무도 관계가 있었으니까 말이야. 부모님이 개발한 시스템을 일부 관리하는 게 네 소유자의 원래 업무였거든."

저는 잠자코 있었습니다. 물론 그런 이야기는 한 번도 못 들어봤기 때문입니다.

"그 시스템의 일부에 국민 모두의 위치부터 말과 행동까지 감시하는 도구를 도입한다. 그가 소속된 기업이 경영권을 유지하기 위해서는 국가가 제시한 그 조건을 받아들이는 수밖에 없었지. 그래서 네 소유자는 회사를 떠나 시대에 뒤떨어진 시스템을 싼값에 보수하는 선량한 프리랜서가 된 거잖아. 하지만 이제 그런 그의 조그마한 자유조차 위협하는 시대가 오려 해. 그래서 내 부모님은 늦기 전에 국가의 의향에 따르든지, 아니면 망명도 고려하라고 네 소유자를 설득하러 온 거야. 이대로 가면 조만간 국외로 피신하기조차 여의치 않을 테니까."

말을 마친 루이즈는 치뜬 눈으로 저를 힐끗 쳐다봤습니다.

"혹시 아무것도 몰랐던 거야?" 하고 제일 물어보지 말았으면 했던 질문을 던지는 바람에 저는 무시하는 투로 대꾸했습니다.

"그런 건 안드로이드가 딱히 알 필요 없는 일이잖아."

그러자 루이즈는 순순히 "네 말도 맞네." 하고 대답했습니다. 그 반응이 거슬려서 저는 말을 덧붙였습니다.

"안드로이드는 소유자의 명령에 따라, 그들에게 물리적으로 도움을 줄 수 있으면 돼."

그 말이 끝나자마자 루이즈가 놀란 듯 말했습니다. 자

기는 다르다고요.

"그야 네 소유자가 안드로이드에게 물리적으로 도움을 받기를 바랄 뿐이지, 내 부모님은 그렇지 않아."

"안드로이드가 인간을 부모라고 부르는 건 기만이야."
저는 저도 모르게 루이즈의 말에 반론했습니다.

"네 소유자는 널 치장하고 친딸처럼 데리고 다니지. 사실 네가 할 일은 소유자를 위해 빈 컵에 커피를 따르거나 열린 문을 닫아주는 거잖아. 그렇다면 대체 넌 뭣 때문에 그 두 사람 곁에 있는 건데?"

언어가 고속으로 회로를 내달려 말이 튀어나왔지만 사고는 잘 정리가 되지 않아서 저는 어쩐지 충동에 몸을 맡긴 채 발을 쿵쿵 구르고 싶어졌습니다. 한편 루이즈가 "기만?" 하고 의아하다는 듯 고개만 갸웃거려 저는 머릿속으로 이 아이는 바보인가, 하고 의심했습니다.

그때 루이즈가 "너, 굉장하다. 마치 인간처럼 자연스럽게 화내는구나." 하고 말했습니다. 저는 어안이 벙벙해져서 "화내다니?" 하고 물어봤습니다.

"지금까지 화낸 적 없었어?" 루이즈가 되물었고 저는

잠깐 생각한 후 "없어. 쭉 미스터 나루세와 단둘이 지냈으니까." 하고 대답했습니다.

"내 부모님은 가끔 내가 화를 내주길 바라. 인간 아이처럼 일방적으로 성질을 부리거나 이치에 맞지 않게 떼쓰기를 바라지. 그래서 책과 영화로 학습해서 그렇게 하고 있어. 원래는 어려운 일이지만."

루이즈의 이야기를 듣자 저는 왠지 모르게 당혹스러웠습니다.

"네 부모님은 정말로 뭘 원하는 거야? 설마 친딸이라고 믿는 건 아닐 텐데." 제 질문에 루이즈는 "넌 왜 인간이 안드로이드를 필요로 하는지 몰라?" 하고 되물었습니다.

"그야 물론 설정한 목적에 도움이 되는 역할이나 임무를 맡기기 위해서지."

"그렇기도 하겠지만 그게 진정한 이유는 아니야. 인간이 안드로이드를 원하는 건 불가능을 가능케 하기 위해서지. 즉 살아 있다는 현실의 고독에서 해방되기 위해서라고."

분하게도 루이즈가 무슨 소리를 하는 건지 잘 이해가
안 되더군요.

"난 수많은 소설을 읽었어. 내용은 가지각색이어도 반
드시 똑같은 취지가 담겨 있었지. 인간은 홀로 태어나
홀로 죽는다. 그 사람들에게는 그 당연한 사실이 죽기보
다 두려운 거야. 그래서 하다못해 죽는 순간에도 누군가
곁에 있어주기를 바라. 그럼에도 그렇게 최후를 맞을 수
있다는 보장은 어디에도 없어. 반면 안드로이드는 그런
죽음을 약속할 수 있지. 아이가 없는 내 부모님은 날 친
딸처럼 잘 차려입혀서 어디에든 데려가. 그게 얼마나 고
독한 일인지 상상이 가니? 바랄 때 언제든지 완벽한 상
태로 곁에 있어주는 존재. 그게 바로 우리야."

그들은 해가 지기 전에 수평선 너머로 돌아갔습니다.
저는 사용한 식기를 정리한 후 방으로 돌아가는 미스
터 나루세에게 말을 걸었습니다.

"저녁은 어떻게 할까요?"
"됐어, 커피를 많이 마셔서 그런지 배가 별로 안 고파."

그런 대답이 돌아왔을 때 사명이라기에는 너무나 조그마한 제 역할을 문득 내던지고 싶어졌습니다.

저는 집 밖으로 뛰쳐나갔습니다.

진입로를 똑바로 달려 대문을 열려고 했습니다. 광대한 자연에 둘러싸인 길은 어둠 속에 가라앉았고 이름도 모르는 새가 높은 곳에서 울더군요.

뒤에서 손을 꽉 누르는 것을 느끼고 돌아보니 미스터 나루세가 저를 내려다보고 있었습니다.

어디 가는 거냐고 놀란 듯이 묻기에 저는 자물쇠에서 살며시 손을 떼고 아무 데도 못 가요, 하고 힘없이 대답했습니다. "아무 데도 못 가요. 미스터 나루세, 당신이 가라고 하지 않는 한 제 의지로는 아무 데도." 하고요.

그때 구름 사이로 달이 천천히 모습을 드러냈습니다.

저를 부르는 소리에 쭈뼛쭈뼛 미스터 나루세의 얼굴을 쳐다봤습니다. 분명 오늘 밤도 몹시 혼날 줄 알았는데 저도 모르게 눈이 휘둥그레졌습니다.

미스터 나루세가 지금까지 한 번도 본 적 없는 온화한 표정을 짓고 있었기 때문입니다.

"그렇구나." 그는 작게 중얼거리는가 싶더니 처음으로 제 어깨에 손을 얹었습니다. 그리고 "동생 부부와 루이즈를 상대하느라 오늘은 평소보다 피곤했을 텐데, 신경 써주지 못해서 미안해." 하고 사과했습니다.

저는 어떻게 해야 좋을지 몰라 "저야말로 명령도 받지 않았는데 아무 말 없이 나가려고 해서 죄송해요. 그렇게 폭주하는 저 자신이 불안하게 느껴지네요." 하고 털어놓았습니다.

하지만 미스터 나루세는 고개를 젓더니 "외부에서 새로운 자극이 주어지면 평소와 다른 반응이 나오는 법이지. 인간 아이도 그러니까 정상적인 반응이야." 하고 알려줬습니다.

미스터 나루세가 저를 인간 아이와 똑같이 대한 것에 놀라 아까 사명을 내던지고 싶었던 기분이 싹 사라졌습니다.

이렇게 편지를 써보니 역시 저는 미스터 나루세에 대해 전혀 아는 바가 없었다는 실감이 드네요.

하지만 이것만큼은 맹세할 수 있습니다. 미스터 나루

세는 섬세한 마음이 뭔지 모르는 분이 결코 아니었어요. 표현이 서투르기는 해도 아느냐 모르느냐는 질문에는 자신 있게 대답할 수 있습니다.

미스터 나루세는 아는 분이었어요. 그야말로 너무 잘 안다고 할 만큼.

허락해주신다면 저도 가끔은 질문을 해보고 싶네요.

선생님의 사명은 뭔가요?

다섯 번째 편지

안녕하세요, 선생님.

어제 선생님의 답장을 읽었습니다. 제 질문에 대한 답이 없다는 걸 알고 그에 관해 어떻게 써야 할까 온종일 생각했습니다.

그 화제를 언급조차 하지 않으셨으니 제게는 대답할 필요 없다고 판단하셨든지 대답할 수 없는 이유가 있으신 거겠죠. 그 이유가 무엇일지는 상상도 가지 않네요.

뭔지 안들 물에 젖으면 고장이 나는 어린아이 형태의 안드로이드가 바다에 둘러싸인 다른 나라의 한구석에서 할 수 있는 일은 없겠지만요.

하지만 선생님, 마음이 바뀌신다면 언제든지 답변 주세요. 저는 선생님의 사명이 무엇인지 정말로 알고 싶으니까요.

바다 하니까 생각나네요. 1년에 한 번, 해양 연구소가 소유한 해저 돔을 유지 보수하는 날 오후였습니다.

점심을 먹고 나면 작업실에 틀어박히는 미스터 나루세를 위해 커피를 끓이고 있는데 그가 어째선지 바로 옆으로 다가왔습니다. 전에 없이 부드러운 표정으로요.

"오늘은 일이 빨리 끝났으니 산책이라도 하러 갈까. 돔을 유지 보수하는 광경은 제법 박력이 있으니까, 요즘 해양학 서적을 읽은 네게는 재미있을지도 모르지."

미스터 나루세의 말에 저는 서둘러 외출 준비를 했습니다.

밖에는 보슬비가 내리고 있었습니다. 미스터 나루세

는 제게 우산을 하나 건네준 후 자신도 우산을 쓰고 걸음을 옮겼습니다.

언덕 위에 서자 수평선이 부옇게 흐려 보였습니다. 거대한 중장비 여러 대가 바다에 우뚝 서서 작업을 하고 있더군요. 거기서 서쪽을 보자 어마어마하게 많은 수도의 금색 빌딩들이 눈에 들어왔습니다. 그리고 바다를 등지고 서자 나무들을 잘라내서 벌거숭이가 된 산들같이 생긴 군사 요새가 저 멀리 솟아 있었습니다.

미스터 나루세는 그 풍경을 보며 어이없다는 듯 중얼거렸습니다.

"문명이 이렇게 발달했는데 우산은 옛날 모습 그대로라니, 마치 진화하지 못하는 인간의 몸 같군."

"남녀노소 누구나 자동화된 저속차로 이동할 수 있는데, 굳이 빗속을 걸을 필요는 없으니까요." 하고 저는 말했습니다.

"그렇다면 인간의 진화가 이렇게 더딘 건 생물로서 뛰어나다는 증거일까? 아니면 생물로서는 열등하다고 해야 할까. 안드로이드인 네 생각은 어때?"

갑작스러운 질문에 저는 놀라서 대답했습니다.

"저로서는 모르겠어요. 다만 책에서 이런 내용을 읽은 적은 있어요. 태곳적부터 바닷속에 살며 모습이 거의 바뀌지 않은 생물은 진화의 필요성이라는 관점에서 판단할 때 열등하다기보다 완성도가 높은 것이라고요."

미스터 나루세는 감탄한 듯 "아주 똑똑해졌구나." 하고 말했습니다. 저는 고개를 저었습니다. 너무 어른 같은 말투를 써서 그를 화나게 해서는 안 된다고 생각했기 때문입니다.

빗발이 거세져서 미스터 나루세와 함께 집으로 돌아왔습니다.

그가 먼저 집으로 들어간 후 저는 차고 셔터가 열려 있는 걸 알아차렸습니다. 비가 들이치지 않도록 버튼을 눌러 셔터를 닫으려 할 때 대문 밖에 커다란 차가 멈췄습니다.

운전석 창문이 열리고 검은 마스크로 얼굴을 반쯤 가린 남자가 이쪽을 보고 제게 물었습니다.

"넌 이 집 안드로이드니?"

나만의 소유자

네, 하고 짧게 대답하자 남자가 알겠다는 듯 차에서 내리더니 "공장에서 정기 점검을 나왔어. 이쪽으로 와보렴." 하고 대문 너머에서 손짓했습니다. 저는 자세한 이야기를 들으려고 대문으로 다가갔습니다.

그러자 남자가 빨리 대문을 열라고 지시했습니다. "소인은 소유자의 명령만 받잡습니다." 하고 거절한 순간 검은 마스크를 쓴 남자가 왠지 입을 다물었습니다.

그때 뒤쪽 현관문이 열리는 소리가 나고 미스터 나루세가 소리를 지르며 뛰쳐나오더군요.

"물러서! 절도단이야."

검은 마스크를 쓴 남자는 "뭐야, 여자 안드로이드인 줄 알았는데." 하고 작게 말을 내뱉은 후, 차를 타고 떠났습니다.

미스터 나루세가 "빨리 집으로 들어와." 하고 말했습니다. "상대가 누군지 확인하지도 않고 대문으로 다가가서 죄송해요." 하고 저는 사과했습니다. 하지만 미스터 나루세는 아무 대답 없이 집으로 들어갔습니다. 어쩐지 호통을 듣는 것보다 마음이 더 조마조마하더라고요.

아까까지 모처럼 평범한 부모와 자식처럼 대화했는데 역시 성가신 일만 만드는 골칫덩이라고 여기지 않았을까. 그렇게 생각하자 집에 들어가기가 불안했습니다. 그래도 소유자의 명령은 절대적이므로 얼른 안으로 들어가 문을 닫았습니다.

거실에서 제가 몸을 닦는 동안 미스터 나루세는 텔레비전의 인터넷 채널을 틀었습니다.

저는 뉴스 방송을 보고서야 최근에 택배업자로 위장한 인간들이 안드로이드를 유괴하거나 강탈하는 사건이 빈번하게 벌어지고 있다는 사실을 알았습니다.

미스터 나루세는 텔레비전을 끄고 나서도 검은 액정 화면을 응시했습니다. 저는 실온이 낮아진 걸 알아차리고 벽에 설치된 온도 조절 패널을 눌렀습니다.

미스터 나루세를 돌아봤을 때 옆얼굴이 분노로 가득 찬 것처럼 느껴졌습니다. 명령도 하지 않았는데 제가 멋대로 온도를 조절해 화가 난 줄 알았죠. 하지만 그 눈에는 살짝 빛나는 뭔가가 맺혀 있었습니다. 저는 눈앞에서 무슨 일이 벌어지고 있는 건지 사고하려 했습니다. 하지만 평소처럼 머릿속이 흐리멍덩해져서 저항하듯 미스터 나루세를 쳐다봤어요. 화내면서 눈물을 글썽거리는 그의 기분을 파악하고 그 마음에 공감한다면 제가 인간을 이해하게 됐다고 미스터 나루세가 기뻐할지도 모르니까요.

선생님, 안드로이드에게 행복은 뭐라고 생각하세요? 바로 소유자에게 행복과 기쁨을 주는 것입니다. 그러지 못하면 존재할 가치가 없는 셈이에요.

하지만 시선을 알아차린 미스터 나루세가 발끈한 듯 "어차피 이해도 못 할 거면서 빤히 쳐다보지 마." 하고 딱 잘라 말하는 바람에 제 무력감은 더욱 심해졌습니다.

어째선가요, 하고 저는 물었습니다.

"제 능력에 한계가 있어서, 여러모로 미흡해서, 이렇게나 이해를 못하는 걸까요? 이해한다는 건, 사람의 마음을 안다는 건 애당초 무엇인가요? 적절할 때 적절한 말을 건네는 건가요? 아니면 애먹이는 문제를 물리적으로 해결해주는 건가요? 가르쳐주세요. 저는 당신을 위해 뭘 할 수 있나요?"

미스터 나루세는 어쩐지 당황한 듯 저를 쳐다봤습니다. 야단치는 그에게 말대꾸한 건 1년간 함께 살면서 처음 있는 일이었습니다.

"미안하다." 미스터 나루세는 엄지로 눈두덩을 닦고서 말을 이었습니다. "해줄 수 있는 말이 없구나." 하고요.

저는 루이즈의 이야기를 떠올렸습니다.

"해줄 수 있는 말이 없다는 건, 국외로 도망쳐야 하는 상황이 코앞으로 닥쳐왔기 때문인가요?"

미스터 나루세는 놀란 듯 고개를 들고 동생이 데려온 안드로이드인가, 하고 쓴웃음을 지었습니다.

"루이즈가 마치 친딸처럼 소유주의 이런저런 이야기를 알고 있어 깜짝 놀랐고 좀 속상하기도 했어요." 하고 저는 용기를 내서 말했습니다. 그러자 미스터 나루세는 작게 웃더니 "나랑 달리 동생은 옛날부터 입이 가벼웠지. 친딸인지 아닌지는 상관없어." 하고 말했습니다.

친근함이 담긴 그 말투가 동생과는 사이가 틀어져서 소원해졌다는 이야기와 잘 부합되지 않는다는 걸 깨달았습니다. 그때 미스터 나루세가 "커피 좀 끓여다오." 하고 부탁했습니다.

김이 피어오르는 가운데 미스터 나루세는 어쩐지 넋을 놓고 있는 것 같았습니다. 방해가 될까 봐 저도 잠자코 있는데 그가 입을 열었습니다. "내가 국외로 도망친다면 넌 못 데려가."라고요. "다른 나라에서는 현재도 극히 일부의 연구 기관을 제외하면 감정을 지닌 안드로이드의 개발과 반입이 금지거든."이라고도 했습니다. 그 말을 들은 순간 저는 잠깐 사고가 정지됐습니다.

천천히 재가동한 후 저는 그에게 말했습니다.

"그게 당신의 뜻이라면 따를게요. 미스터 나루세."

그는 저를 잠시 바라보다가 고개를 저었습니다. 그리고 마지막으로 이렇게 말했습니다.

"동생과 소원해진 건 아내가 없어졌을 때, 녀석이 아내를 비난했기 때문이야. 하지만 누구보다도 나를 제일 걱정해서 그랬다는 건 알아. 도망치라는 이야기도 그래. 녀석은 모조리…… 혈육의 인연조차 버려도 되니까 내가 안전하게 살기를 바랄 뿐이지. 하지만 동생과 네가 생각하는 것만큼 난 의지가 강한 인간이 아니란다. 실은 그저 변화가 두려워서 오래 지내던 곳에 마냥 머물러 있을 뿐인지도 몰라. 이 나라에 원망스러운 점은 많은데, 그야 어떤 인간이든 대개는 그렇겠지. 아내 일만 아니라면 나는 망명 같은 거창한 짓을 한순간도 생각지 않고 일생을 마칠, 작고 보잘것없는 인간이었을 거야."라고요.

선생님.

미스터 나루세의 부인은 병으로 돌아가신 게 아니었어요.

그로부터 한 달쯤 후에 미스터 나루세가 "수도로 일박 여행을 가자." 하고 말했습니다. 너무나 그답지 않은 제안이라 좀 묘하더군요. 그렇지만 함께 가자고 해준 것이 기뻐서 바로 네, 하고 대답했습니다.

그때 제가 "요즘은 국내 정세도 불안정한 것 같으니까 그만두죠." 하고 대답했다면 어땠을까, 지금도 그런 생각을 합니다.

처음이자 마지막이었던 일박 여행의 정보량은 제 하드디스크에 저장된 수많은 기록 중에서도 그야말로 방

대한 부분을 차지합니다.

　수도의 중앙호텔에서 처음으로 미스터 나루세와 같은 방을 썼습니다. 창밖에 벽처럼 우뚝 솟은 건물들은 하늘까지 닿을 것처럼 높았는데, 날씨가 좋지 않은 밤이라 꼭대기는 구름에 가려져서 보이지 않을 정도였어요. 미스터 나루세는 웬일로 술을 마시고 취했습니다. 사람이 변한 것처럼 쾌활하게 떠들어서 놀랐지만 계속 그 모습을 보고 있고 싶더군요.

　자정에 제가 정지하기 직전 미스터 나루세는 "한 시간쯤 외출할 거야. 아침에는 돌아와 있을 테니 걱정하지 마."라는 말을 남기고 방에서 나갔습니다.

　아침에 깨어나자 미스터 나루세는 이미 샤워와 몸단장을 마친 뒤였습니다. 호텔 밖은 어째선지 불길하고 뒤숭숭한 분위기에 휩싸여 있었습니다. 미스터 나루세는 당장 출발하자고 제게 말했습니다.

　호텔 근처 센트럴파크에서는 총소리가 울려 퍼졌습니다. 기동대와 다른 인간들이 몸싸움을 벌였고 울음소리와 고함소리가 밀려왔습니다. 저는 미스터 나루세에게

"저 사람들은 어떻게 되나요?" 하고 물어봤습니다. 미스터 나루세는 제 오른팔을 붙잡고 달리면서 "분명 살아서는 못 돌아가겠지." 하고 딱 잘라 말했습니다.

수도와 미스터 나루세가 생활하는 바닷가 도시를 연결하는 비행장은 도심에서 조금 벗어난 곳에 있었습니다.

하지만 공항으로 우르르 밀려든 사람들을 쫓아내듯 게이트는 전부 닫혀 있었습니다.

미스터 나루세는 도망칠 곳을 찾아 공항 근처 공원을 계속 뛰어다녔습니다. 그러다 공원 한 곳에 뻥 뚫린 거대한 입구가 보여서 미스터 나루세에게 "저건 뭔가요?" 하고 또 물어봤습니다. 미스터 나루세는 그쪽으로 시선을 돌리더니 "저건 이제 사용되지 않는 지하철의 출입구야." 하고 대답했습니다. 지난 십수 년간 지하철의 주된 이용자는 빈곤층이었는데 비용을 들여 그들을 멀리까지 이동시킬 필요 없다고 국가가 판단해 선로를 폐지한 지 십 년도 넘었다고 했습니다.

그때 빛의 해일이 뒤에서 덮쳐왔습니다.

폭풍도 밀려왔고요.

우리는 지하철 입구까지 붕 날아가서 계단에서 굴러 떨어졌습니다. 위쪽에서 뭔가가 요란스럽게 무너지는 소리가 들리더군요.

저는 컴컴한 지하도에서 눈을 떴습니다. 미스터 나루세가 손목에 찬 스마트워치의 빛 한 줄기가 눈동자의 렌즈에 들어왔습니다. 뛰어난 화상 처리 기술을 탑재해 시각만큼은 인간보다 훨씬 좋기에 대체 뭐가 어떻게 된 건지 순식간에 파악했죠. 제 상상을 뛰어넘는 광경이었어요. 미스터 나루세가 충격에서 저를 보호하듯 안고 있었거든요.

미스터 나루세, 하고 제가 부르자 그는 끙끙 앓는 듯한 목소리로 대답했습니다. "무슨 일이 일어난 걸까요?"라는 제 질문에 그는 "확실하게는 모르겠군." 하고 말을 툭 내뱉었습니다. "하지만 아주 강력한 폭격이 있었던 거겠지." 하고 일어서려던 순간 그의 표정이 일그러졌습니다. 그 얼굴이 의외로 젊어 보여서 그제야 아까 폭풍 때문에 그의 안경이 어딘가로 날아갔다는 사실을 알아차렸습니다.

캄캄해서 아무것도 안 보이는 데다 다리를 움직이려고 하면 아파서 안 되겠어, 두 다리에 힘이 전혀 안 들어가, 하고 미스터 나루세는 말했습니다. 저는 허둥지둥 그의 다리를 확인했습니다. 인간에게는 불가능한 방향으로 약간 꺾인 것처럼 보이더군요.

붉은 흙이 섞인 갈색 지하수가 흘러 떨어지는 지하도에서 둘 다 한동안 아무 말도 없었습니다. 저는 궁금증을 도저히 참지 못하고 아까 저를 보호하려고 한 것처럼 보였는데요, 왜 자기 몸을 지키지 않은 건가요, 하고 물어봤습니다.

미스터 나루세는 바로 평소의 난폭한 말투로 돌아와서 대답했습니다. 반사적으로 나온 행동이야, 분명 네가 개나 말 같은 존재라서 그랬던 거겠지, 인간을 위해 훈련받은 안드로이드는 인간 없이 살아갈 수 없으니까 구했을 뿐이야, 라고요. 저는 아무 말도 하지 못하고 어둠 속에서 빛나는 물방울을 멍하니 바라봤습니다.

미스터 나루세는 수백 개는 되지 않을까 싶을 만큼 많은 계단을 올려다봤습니다. 하기야 그의 눈에는 모든 것이 캄캄해 보여서 뭐가 뭔지 구분도 안 됐을 거예요. 그가 쓴웃음을 지으며 바쁘다는 핑계로 미루지 말고 시력 교정 수술을 받아둘 걸 그랬군, 아내도 자주 잔소리를 했는데, 하고 중얼거렸습니다.

저는 미스터 나루세 곁을 떠나 안경을 열심히 찾았습니다. 그러다 산산이 부서진 렌즈 조각만 겨우 몇 개 발견했습니다. 제 눈에는 지하 내부가 희미하게나마 보이더군요. 역 플랫폼으로 굴러떨어졌는지 선로가 깊은 터널 안쪽으로 뻗어 있었습니다.

저는 미스터 나루세에게 안경이 망가졌다는 사실을 알리고 사과했습니다. 그는 제게 출입구가 완전히 막혔는지 확인해보라고 했습니다. 저는 계단을 올라가 천장이 무너진 출입구에 다다랐습니다. 하지만 어디를 어떻게 만져도 꿈쩍도 하지 않았어요.

제가 돌아가서 또 사과하자 미스터 나루세는 손목에 찬 스마트워치를 확인하더니 "여기서는 작동이 안 돼. 하지만 저기까지 가면," 하고 결심한 듯 숨을 힘차게 내쉰 후 말을 이었습니다. "두 손으로 기어오르는 수밖에 없겠군." 하고요. 미스터 나루세는 더듬더듬해서 찾아낸 계단을 잡아당기며 계단 제일 아랫단으로 몸을 힘껏 끌어올렸습니다.

돕고 싶었어도 제 힘으로 덩치가 큰 미스터 나루세를 이동시키기는 불가능합니다. 인간에게 해를 끼치지 못하도록 안전성을 우선해 제작된 몸으로 할 수 있는 일은 그가 계단에서 미끄러져 떨어지지 않게 지탱하는 정도였습니다. 저는 미스터 나루세에게 "도움이 되지 못해서 죄송해요. 제가 스마트워치를 사용할 수 있으면 도움을 요청할 수 있을 텐데." 하고 또 사과했습니다. 하지만 그는 "옆에서 지켜봐주기만 해도 돼." 하고 제 말을 바로 부정했습니다. 꼭 뭔가 도움이 돼야 인간을 구할 수 있는 건 아니야, 라고도 했고요. 하지만 루이즈와 달리 물리적으로 도움이 되는 것만이 제 존재 가치니까 그 말을 순수하게 받아들이기는 힘들었습니다.

계단을 몇 단 올라간 미스터 나루세는 잠깐 쉰 후에 다시 도전했습니다. 하지만 금방 힘이 다 떨어졌습니다. 미스터 나루세가 그렇게 연약해진 모습은 처음 보았습니다.

　저는 벽에서 새어 나오는 물을 양손에 받아서 미스터 나루세의 입에 가져갔습니다. 제 손바닥에 입을 대고 물을 마시는 모습을 보고 있으니 마치 어린 동물을 돌보는 것처럼 애처로운 기분이 들었습니다.

　미스터 나루세는 피곤한지 눈을 감고 몇 시간쯤 잠에 빠졌습니다. 깨어나자 또 엎드린 자세로 계단을 올라가려고 시도했습니다. 그러는 동안 그의 두 다리가 점점 붓고 피부가 칙칙한 파란색으로 변해가더군요.

　제 체내시계가 고장 나지 않았다면 저희가 지하에 갇힌 지 사흘이 지났을 무렵이었습니다. 미스터 나루세는 결국 항복하겠다는 듯 고통을 호소하며 계단을 올라가길 포기했습니다.

　제가 물을 떠 왔을 때 그가 탁한 목소리로 말했습니다. "네가 있어서 다행이야."라고요.

　"이런 암흑 속에서 내가 잠든 사이에 네가 먼저 죽는 일은 절대로 없겠지. 그렇게 생각하면 마음이 편해. 내가 먼저 죽는다는 사실을 알고 있다는 건 참으로 행복한 일이야."

　그때 루이즈의 말이 떠오르더군요. 홀로 태어나 홀로 죽는다는 당연한 사실을 인간은 무엇보다 두려워한다는 이야기가요.

　저는 미스터 나루세의 손을 처음으로 잡아봤습니다. 왠지 그렇게 행동하는 게 제일 좋을 것 같았거든요. 그리고 제가 지켜볼게요, 당신이 마지막으로 눈을 감을 때까지 눈을 뜨고 있을게요, 하고 제 뜻을 전했습니다. 미스터 나루세는 안심한 듯 미소를 지었습니다. 그 미소를 보았을 때 그가 정말로 저를 똑같은 인간으로서 소중히 대했다는 걸 깨달았습니다.

　미스터 나루세도 제 손을 꼭 잡고서 말했습니다. 조만간 내전이 일어날 거라는 소문은 전부터 들렸어. 어쩌면 수도에는 살아 있는 인간보다 고장을 피한 안드로이드가 더 많을지도 모르겠군. 만약 네가 살아남아 다른 안드로이드와 합류해 안전을 확보한다면 원래 태어난 대로 살아도 돼, 하고요.

　그게 무슨 뜻인가요, 하고 저는 물었습니다.

그러자 미스터 나루세는 알려줬습니다.

주문 단계에서 착오가 생겨 그가 희망했던 소년 안드로이드가 아니라 소녀 안드로이드가 제작됐다는 것. 생산처에서 사과하며 이번 제품은 다른 곳에 넘기고 안드로이드를 새로 제작해주겠다고 제안했다는 것.

하지만 개인이 주문한 안드로이드가 어떤 사정으로 주문이 취소돼 할인 가격으로 불특정 다수에게 판매되면 악용될 위험성이 높아진다는 것.

특히 법으로 금지했는데도 소녀 안드로이드가 성적 폭력을 당해 고장 나거나 유기되는 사례는 끊이지 않으며 소녀 안드로이드를 유료로 대여하거나 소유자의 허락도 없이 끌고 가는 인간도 있다는 것. 또한 그렇게 불법으로 사용되는 안드로이드가 고통이나 공포를 강하게 느끼도록 개조하는 전문업자까지 존재한다는 것.

그래서 미스터 나루세는 처음 만났을 때 엄격하게 지시한 겁니다. "그렇게 고리타분하고 딱딱한 머슴 같은 말투는 다른 사람한테나 써."라고요.

그러고 나서 미스터 나루세는 제게 다른 사실도 밝혔

습니다. "아내는 어쩌면 아직 살아 있을지도 몰라." 하고
요. "어디 계신데요?" 하고 제가 묻자 그는 말없이 고개
를 저었습니다.

　정부에 협력하기를 거부해 반사회적 인간으로 간주됐
고 그다음에는 테러 조직에서 협력을 강요했지만 역시
거절했다. 그런 사람의 아내라는 이유만으로 어느 날 장
을 보러 나갔던 아내가 납치됐다. 일주일 후에 겨우 돌
아왔을 때, 몸 군데군데에 결손이 생겼을 만큼 심각한
상태라 여성으로서는 감당하기 힘든 수치와 고통을 겪
었다는 사실을 바로 알았다, 하고 미스터 나루세는 띄엄
띄엄 끊어지는 말투로 설명했습니다.

　우수한 연구자였던 아내는 일은 어디서든 할 수 있으
니 자신의 모국으로 망명하자고 울면서 호소했고, 미스
터 나루세는 아내와 부모님이 남긴 업무를 한순간 저울
에 달아보고는 하룻밤만 생각할 시간을 달라고 아내에
게 말했습니다.

　그다음 날 아침, 아내는 모습을 감췄고요.

　그 후로 일하는 짬짬이 정보를 모으려 애썼지만 일개

촌구석 기술자인 자신이 실마리를 얻기는 불가능했다. 그래서 하다못해 너만큼은 집에 도착한 날부터 끝까지 완벽하게 지켜내고 싶었다. 그런데 결국 이렇게 돼버리다니 한심하다. 미스터 나루세는 그렇게 말을 끝맺었습니다.

저는 그 이야기를 간신히 정리해 이해한 후 "호텔에 묵은 날 밤에도 사라진 부인에 관한 단서를 찾으러 외출한 거예요?" 하고 물었습니다.

미스터 나루세는 작게 웃더니 그때만큼은 평소의 그다운 태도로 돌아와 "어린아이는 그런 거 몰라도 돼." 하고 말했습니다. 저 역시 억지로라도 웃으려 하다가 어차피 그에게는 보이지 않는다는 사실이 생각나서 그만뒀습니다.

눅눅한 어둠 속에서 미스터 나루세의 숨소리가 점차 작아져서 잠든 건지 깨어 있는 건지 알 수가 없었습니다. 저는 어깨를 잡고 흔들며 미스터 나루세를 불렀습니다. 그때마다 그는 눈을 어렴풋이 뜨고서 아아, 또는 으음, 하고 혀가 잘 돌아가지 않는 것처럼 흐리터분한 소리를 냈습니다. 미스터 나루세, 기운 내요. 구조대가 올 때까지 버티는 거예요. 열심히 격려하는 제게 그가 말했습니다. 미안하다고요. 이런 어둠 속에 너를 남겨두고 먼저 죽어서 미안하다고.

그때 갑자기 암흑이 꽉 끌어안는 것 같은 기분이 들더군요.

미스터 나루세, 하고 부르는 목소리가 아래쪽의 깊은 구멍 속에 메아리치는 걸 의식하자 그때까지 가동된 적 없었던 감정이 불꽃을 튀기듯 빠른 속도로 회로를 내달렸습니다.

저는 쓰러진 미스터 나루세에게 애원했습니다. 무서워, 무서워요, 혼자 있기는 무섭다고요, 같이 여기서 나가요!

미스터 나루세가 신음을 토해내며 상체를 일으키더니 저를 덮을 듯이 몸을 기대고 귓가에 속삭였습니다. 아래쪽 선로를 따라 계속 걸어가. 그럼 언젠가 반드시 출구에 다다를 거야. 거기서 구조대를 불러와. 내가 죽지 않고 여기서 기다리고 있다고 생각하면 두려움도 참을 수 있겠지, 하고요.

저는 못 한다고 즉시 대답하려 했습니다. 그 순간, 소유자의 명령에 따르도록 말과 행동을 억제하는 기능이 작동해 저절로 일어섰습니다. "알겠어요. 출구를 찾아내서 돌아올게요." 저는 그렇게 말하고 선로를 향해 계단을 한 단, 또 한 단 내려갔습니다. 아아, 난 역시 인간이 아니구나 싶더군요. 당장이라도 죽을 것 같은 미스터 나루세를 이런 곳에 혼자 남겨두고 떠날 수 있으니까요. 혹시나 미스터 나루세가 돌아오라고 말해주지 않을까 기대했습니다. 그는 더 이상 아무 말도 하지 않았습니다. 저도 걸음을 멈추지 않았고요.

저는 어둠 속을 계속 걸었습니다.

소유자가 기다리고 있고 나는 그의 명령에 따라 임무를 수행하는 중이다. 미스터 나루세 말대로 그렇게 생각하자 신기할 만큼 마음이 안정되더군요.

군데군데 젖은 발밑에서 때때로 시커먼 물이 튀는 감촉만 전해져왔습니다. 어디선가 바람이 윙윙거리는 듯한 소리가 들려서 어쩌면 출구가 가까울지도 모르겠다 싶었습니다. 저는 어둠을 향해 오른손 손바닥을 쳐들었습니다. 그러자 서늘한 공기가 손바닥을 살짝 어루만졌습니다. 그 서늘한 감촉을 느낀 순간, 미스터 나루세의 손이 따뜻했다는 사실을 깨달았죠. 나 같은 기계가 무섭다고 징징대는 걸 받아줄 필요 없는데. 잘못 주문된 상품을 수령하지 않았으면 됐을 텐데. 어둠 속에서 홀로 죽음을 기다리는, 엄격하고 다정한 나의 소유자.

시간의 흐름을 정확하게 파악할 수 있는 이 몸이, 미스터 나루세가 이제 살아 있지 않으리라는 사실을 제게 똑똑히 전했습니다.

그래도 저는 걸었습니다. 그것이 소유자의 마지막 명령이었으니까요.

그리고 며칠이 더 지나자 마침내 축축한 제 발밑에 한 줄기 빛이 비쳤습니다.

땅 위로 나오자 미스터 나루세 말대로 수도는 반쯤 소멸된 상태였습니다. 물체가 대부분 재로 변하고 거리가 사라져 가로막는 것이 없어진 대지에 바람만 세차게 휘몰아쳤습니다.

머리 위에서 쏟아지는 이상하리만치 강한 햇빛을 느끼며 소유자를 잃은 저는 하는 수 없이 다시 걸음을 옮겼습니다.

수없이 나뒹구는 인간의 시체 사이사이에 내부 배터리가 드러난 채 정지된 안드로이드가 섞여 있었습니다. 신체가 불타는 냄새 외에도 고약한 냄새가 바람을 타고 흘러왔습니다. 아무래도 무슨 유독 가스가 발생했거나 누출된 것 아닐까 싶더군요. 하지만 제게는 아무 영향도 주지 않았으므로 오직 미스터 나루세를 그 터널에서 꺼내기 위해 저는 생존자를 찾아 돌아다녔습니다.

그리고 드디어 거리 외곽에서 파괴되지 않은 대사관을 찾아냈습니다. 문 너머로 미스터 나루세에 대해 알린 후 내부 배터리가 다 돼서 저는 정지됐습니다.

다음으로 눈을 뜨자 호송돼서 보호시설에 격리된 저를 생김새가 익숙지 않은 사람들이 둘러싸고 있더군요.

편지가 많이 길어졌네요. 제 이야기는 이것으로 끝입니다.

선생님의 답장을 기다릴게요.

여섯 번째 편지

잇달아 도착한 편지를 읽었습니다. 가정용 안드로이드 중 하나에 불과한 제가 왜 소중히 보호를 받았고 넓은 바다를 건너게 됐는지 선생님 덕분에 겨우 이해했습니다.

그러니까 미스터 나루세는 이번 분쟁의 계기인 대규모 테러의 주모자 중 한 명으로 간주된 거로군요.

다만 이웃한 큰 나라가 예전부터 정의라는 대의명분을 내세워 그 나라에 간섭하고 그 나라를 공격할 기회를 노리고 있었으므로 국내 테러리스트들은 마침맞게 이용당한 것에 불과하다고 보는 전문가도 많다는 말씀이고요. 제게 그 정도까지 설명해주셔서 감사드립니다.

선생님은 테러가 발생하기 전날 밤, 미스터 나루세가 어디에 갔는지 제가 정보와 증언을 최대한 제공할 의무가 있다고도 쓰셨어요.

하지만 정말로 그럴까요, 선생님?

실은 세 번째 편지를 받았을 즈음부터 조금 의아했습

니다. 왜 선생님은 객관적 사실뿐만 아니라 미스터 나루세와 저의 일상적인 대화와 거기서 생겨난 감정까지 세세하게 알고 싶어 하는 걸까, 하고요.

선생님, 솔직하게 말씀드릴게요. 저는 당신에게 화가 났어요.

당신이 테러 전날 밤에 대해 거듭 질문한 건, 미스터 나루세가 그 일과 무관하다는 확신이 없어서 아닌가요?

미스터 나루세는 고작 양산형 소녀 안드로이드 한 대가 상처 입을까 봐 걱정하는 분입니다. 그런 사람이 남을 죽일 수 있을 리 없는데.

당신은 마지막 편지에서 실수를 했어요. 미스터 나루세의 마지막 모습을 알고 적지 않게 동요한 나머지, 자신도 모르게 평소대로 사인한 거겠죠. 자신의 진짜 이름으로요.

그 사인에 사용된 것과 똑같은 이름을 미스터 나루세의 집 서류 상자에서 본 적 있습니다.

미스터 나루세는 분명 모든 것을 버리고 당신을 선택하기를 망설였어요. 그렇다고 해서 고작 하룻밤 만에 그를 남겨두고 떠나기로 결심한 이유는 뭔가요? 당신이 망명한 후 약 3년간, 그 나라에 대해 어떤 뉴스가 보도됐나요? 조만간 일반 시민에게까지 위험이 미칠 것이라고 예상하기가 그렇게 어렵지는 않았을 텐데요?

미스터 나루세가 의식을 잃기 직전에 알려줬습니다.

지금으로부터 10년 전, 수도에서 제일 높은 전망대가 생긴 날 자정에 오프닝 파티가 열렸어요. 일반 시민이 많이 모여들었고 미스터 나루세도 남동생과 함께 관광하는 기분으로 파티에 참석했죠. 거기서 당시 최첨단 안드로이드가 서빙하는 모습을 옆에서 지켜보던 사람이 미스터 나루세의 아내였다는군요. 자랑스러운 표정을 지으면서도 조금 쑥스러운 듯 미소 짓는 옆얼굴이 어찌나 풋풋한지, 그 모습을 처음 본 순간부터 사랑에 빠졌대요.

제가 미스터 나루세와 수도로 여행을 떠난 건, 그 파티가 열린 지 3649일이 지난 후였습니다.

미스터 나루세는 당신과 만든 추억을 되돌아보러 간 것 아닐까요? 어쩌면 당신과 다시 만날 수 있을지도 모

른다는 어렴풋한 소망마저 품고서요. 안드로이드인 저
도 아는 걸 왜 당신은 상상하지 못하는 거죠?

안녕히 계세요, 선생님.

이제 어떤 질문에도 대답하지 않겠습니다.

일곱 번째 편지

안녕하세요, 선생님.

다시는 답장을 하지 않을 작정이었습니다.

당신이 보낸 편지를 읽을 때까지는.

편지에 쓰셨죠. 슬픈 일이지만 고작 하룻밤 만에 모조
리 달라지는 것 또한 인간 여성의 마음이라고.

그렇다면 저는 안드로이드로 태어난 게 자랑스럽습니
다. 소유자와 제 존재 의의를 둘 다 잃어버린 지금도요.

편지를 쓰려고 펜을 든 지 얼마 지나지 않아 정부의
통지서를 받았습니다.

이 나라의 윤리상 인간과 아주 흡사한 안드로이드를

이유 없이 처분하는 것은 문제가 된다. 한편 아직 연구 단계이므로 인간 사회에서 인간과 안드로이드가 공존하는 것은 인정할 수 없다. 즉 저는 처분되지 않는 대신 여기서 나갈 수도 없다는 뜻이겠죠. 알겠습니다. 아무 이의도 없어요. 왜냐하면 저는 이미 존재할 목적을 잃었으니까요.

미스터 나루세가 없는 세상에, 인간조차 몇백, 몇천 명이 그렇게 덧없이 죽어 나가는 세상에 본래 생명도 없는 제가 존재한들 무슨 의미가 있을지 모르겠네요.

그리고 보니 아까 밖에서 뭔가 흐르는 듯한 소리가 나서 창문을 여는데, 쇠창살 너머로 비 같은 것이 떨어져서 이게 뭘까 싶었습니다.

자세히 보니 헤아릴 수 없을 만큼 많은 꽃잎이더군요. 시야 저편, 난생처음 보는 나무에 활짝 핀 하얀 꽃이 바람에 흩날리고 있었습니다. 저는 왜 이렇게 멀리 떨어진 나라의 한구석에서 아름다운 광경을 보고 있는 걸까요? 미스터 나루세의 시신은 지금도 그 어둠 속에서 제가 데리러 오기를 기다리고 있을까요?

미스터 나루세의 목소리는 제 하드디스크에 저장돼 있습니다. 한 번 더 그 엄격한 목소리로 명령을 받고 야단도 맞고 싶은 건 대체 무슨 이름의 감정인지 저도 모르겠습니다.

미스터

싱글 사이즈의 방에서 나 혼자

떠올리는 건 당신과 함께했던 일상

이야기의 무대는

건물로 빽빽한

대도시가 저 멀리 보이는

해변의 도시

처음 만난 날조차

지금도 생생히 떠올라

격식을 갖춘 셔츠와 재킷이 다소 어울리지 않는 당신

말수가 적고

언제나 엄격해서

혼나기만 하느라

기계 장치로 된 마음을

무력감이 점점 감쌌어

그래도

당신에 대해 알고 싶어

모든 것을 알고 싶어

그렇지만 알려달라고

말하지 못하고 혼자

살며시 밤에 기도해

조금이라도 알고 싶어서

그런 나날을 되풀이했어

하지만 이따금 보여줬던

온화한 표정도

한 번뿐이지만 글썽였던 눈물도

숨기지 못하고 흘러넘쳤던

다정한 마음씨였지

그날도 그랬어

그건 우리 둘의 마지막 추억

어둠 속에서 내 손을 잡고

웃어줬던

당신은 이제 없어

지금도 듣고 싶어

한 번 더 들려주길 바라

다정하고 요령 없는

당신의 목소리를 엄격한 말을

그러길 바라는 이 감정은

뭐라고 불러야 할까요

또 평소처럼

날 혼내줘 미스터

ミスター

シングルサイズの部屋で　一人きり

思い出すのはあなたとの暮らし

物語の舞台は　ビルが群れる

大都会を遠くに見る　海辺の街

初めて会った日のことだって

今もまだちゃんと覚えてる

フォーマルなシャツ　ジャケットが少し不似合いなあなた

言葉数は少なくて

いつも厳しくて

叱られてばかりで

機械仕掛けの心を

無力さが包んでいった

でも

あなたを知りたくて

何もかも知っていたくて

だけど教えてなんて

言えずに一人

そっと夜に祈る

少しでも分かりたくて

そんな日々を繰り返した

それでも時折見せてくれた

穏やかなあの表情も

一度だけ浮かべた涙も

隠し切れずに溢れていた

優しさだった

あの日もそうだった

あれは二人最後の思い出

暗闇でこの手を握り返して

笑ってくれた

あなたはもういない

今でも聴きたくて

もう一度聴かせて欲しくて

優しくて不器用な

あなたの声を 厳しい言葉を

なんて願うこの気持ちは

どんな名前なんですか

またいつもと同じように

私のこと叱ってよミスター。

ユーレイ

유
령

츠지무라
미즈키

전철은 밤의 틈새를 누비듯이 달려간다.

창밖을 흘러가는 풍경에서 대낮의 빛이 사라져가는
모습을 나는 멍하니 쳐다봤다.

책도 읽지 않고 태블릿PC도 들여다보지 않고 음악도
듣지 않고.

이렇게 오랫동안 풍경만 바라보는 건 처음이었다. 내
가 사는 동네를 떠나 창밖의 풍경이 점점 모르는 곳의
풍경으로 변해갔다.

창문으로 비쳐드는 오후 햇살이 오렌지빛 석양으로

바뀌고 점점 밤의 세계에 빨려들듯 사라져간다. 나는 아쉬운 기분으로 그 마지막 빛에 시선을 주었다.

대낮의 빛을 보는 건 이번이 마지막일 테니까.

나는 두 번 다시 이 밝은 세계로 돌아오지 않는다. 다시는 내가 살았던 그 동네로 돌아가지 않는다.

전철 창문으로 새어 나가는 노란색 불빛이 밀도 높은 밤의 세계를 천천히, 그리고 부드럽게 갈랐다. 내게 다시는 아침이 찾아오지 않을 것이라고 상상하자 서글프기도 했지만 아주 편안하고 안심되기도 했다. 나는 이제 돌아가지 않아도 된다. 아침의 세계로, 내 일상으로, 내가 있을 자리는 없는 중학교의 음악실로.

밤이 되어 승객이 많이 줄어든 전철에서 나는 입술을 꽉 깨물었다. 이제 행동에 나서기로 결정했다. 내내 고민하다 드디어 오늘 전철을 탔다. 다시는 돌아가지 않겠다. 오늘 전부 다 끝내는 것과 내일 다시 학교에 가는 것 중 상상도 할 수 없는 일은 내일도 학교에 가는 쪽이었다.

전철이 어느 역에 멈췄다.

지금까지 한 번도 내려본 적 없었고 이름도 처음 듣는

역이었다. 아무도 내리지 않았고 타는 사람도 없었다. 쓸쓸한 플랫폼에 같은 간격으로 줄지은 조명 불빛이 예뻤다. 밤공기는 아주 맑았다. 어제 우리 동네에서 지냈던 밤과는 공기의 빛깔이 전혀 달랐다.

타거나 내리는 사람 없이 전철이 출발하기 직전, 차장이 호루라기를 부는 소리가 들렸다. 그 소리를 들으며 계절이 여름에서 가을로 바뀔 무렵 특유의 투명도 높은 밤공기를 들이마시자 가슴이 뭉클했다.

전철이 출발했다. 나 말고 차량에 있는 사람은 회사원인지 양복을 입은 남자와 바퀴 달린 장바구니를 옆에 놓아둔 할머니뿐이었다. 두 사람 모두 꽤 멀리서부터 함께 오는 동안 내게 관심을 보이는 낌새는 전혀 없었다. 그런 생각을 하는 나 자신이 한심해서 뺨에 힘을 주었다. 이런 시간에 혼자 전철을 타고 가는 중학생을 보면 걱정돼서 무슨 일이냐고 물어보지 않을까. 차량을 돌아다니는 차장이 신경 써주지 않을까. 아, 돌아가지 않기로 결심했는데, 아까부터 자꾸 그런 생각을 한다.

나는 오늘 용돈을 전부 털어서 전철표를 샀다.

가는 것만. 돈이 허락하는 범위에서 최대한 멀리 가는 표를 사서 전철에 올라탔다. 집을 나올 때 스마트폰 전원은 껐다. 지금쯤 집에서는 난리가 났을지도 모른다. 선생님들과 학교에도 연락이 갔을지 모른다. 그렇게 상상하며 마음을 다잡았다. 이제 돌이킬 수 없다.

가본 적도 없고 아는 사람도 없는 먼 곳을 향해 전철이 움직였다. 어느덧 회사원과 할머니도 내려서 차에는 나 혼자뿐이었다.

그때 맞은편 차창에서 갑자기 풍경이 사라졌다.

아까까지 보였던 건물과 불빛이 완전히 사라진 풍경이 창밖을 몇 초 흘러갔다. 평소 같았다면 아무 생각도 없었을지 모른다. 하지만 알아차렸다. 저건 분명 바다다. 전철이 내가 태어나고 자란 도시를 떠나 이웃 도시의 바다 옆까지 온 것이다.

그러고 보니 밤바다는 본 적이 없네.

문득 그런 생각이 들었다. 전 재산을 털어서 산 표의 종착역에 도착하려면 아직 멀었다. 하지만 나는 충동적으로 전철에서 내렸다.

그 역은 역무원이 한 명뿐인 작은 역이었다.

전철에서 내린 순간 바다 냄새가 코끝을 스쳤다. 눅눅하고 미지근한 바람이 뺨을 살짝 쓰다듬었다. 가로등은 띄엄띄엄하니 역의 밝은 불빛만 두드러져 보이는 한적한 동네였다.

이 부근에서는 낯선 교복 차림일 텐데 역시 아무도 내게 시선을 주지 않았다. 나는 고개를 푹 숙이고 개찰구를 빠져나갔다. 낡은 보도블록이 깔린 길을 발끝만 노려보며 걸었다. 가방을 등에 멘 채 아까 창문으로 보였던 바다를 향해 성큼성큼 나아갔다.

9월 초순, 계절이 여름에서 가을로 변해가는 시기라 해수욕 시즌은 끝났으리라. 도로를 달리는 자동차의 전조등 불빛이 몇 번 나를 앞지를 뿐 사람과는 마주치지 않았다. 바닷바람에 녹슨 간판이 걸린 상점과 식당도 대부분 셔터를 내렸다.

모르는 동네의 밤거리를 그저 걷고 걷고 또 걷는다. 하늘에 뜬 달만이 바로 옆을 계속 따라왔다.

이윽고 파도 소리가 들렸다.

철썩, 철썩, 하는 소리에 이끌리듯 걸음을 옮기자 드디어 바다가 보이는 길이 나왔다. 길 왼편에 늘어선 상점 등의 건물 바로 뒤편에 모래밭과 제방이 보였다.

바다를 좀 더 가까이에서 볼 수 없을까 싶어서 더 걸어가자 건물 없이 널찍한 공간이 있었다. 사람으로 붐비는 해수욕 시즌에는 주차장으로 사용하는지 광장 같은 흰색 콘크리트에 주차턱이 같은 간격으로 설치돼 있었다. 양옆은 '휴게소'라고 적힌 건물이었는데 불도 켜놓지 않았고 어쩐지 활기가 없었다. 시즌과는 관계없이 이미 망해서 영업을 하지 않는 건지도 모른다.

쏴, 하고 밀려오는 파도 소리를 듣자 누군가가 부르는 기분이 들었다. 역에서부터 느껴졌던 바다와 해변 냄새가 그 소리를 듣자 더 짙어졌다. 아래를 보니 어두운 가운데 밀려왔다 물러가는 파도가 희미하게 보이는 곳이 있었다. 주변에 띄엄띄엄 서 있는 가로등 불빛을 받고 해수면이 군데군데 물고기 비늘처럼 하얗게 빛났다.

가방 어깨끈을 양손으로 잡고 한동안 바다를 바라봤다. 오늘 전철을 타고 올 때부터 정신은 더할 나위 없이

또렷하고 예민했다. 동시에 꿈속에 있는 듯한 비현실감
도 내내 따라다녔다.

문득 이대로 바다에 들어가는 것도 나쁘지 않겠다는
생각이 들었다.

괴롭겠지만 무슨 방법을 사용하든 마찬가지다. 오늘
이렇게 멀리까지 와서 바다에 다다른 건 어쩌면 그러기
위해서인지도 모른다.

그렇게 생각하며 고개를 옆으로 돌렸다가 알아차렸다.

광장 옆에 꽃다발이 놓여 있었다. 전신주 바로 근처.
바다와 모래밭이 잘 보이는 광장 가장자리에 꽃다발을
비닐로 덮어놓았다. 코스모스와 안개꽃. 놓아둔 지 좀
됐는지 시들시들한 꽃다발 주변에는 밀크티 캔과 봉제
인형도 있었다. 여름의 여운이 느껴지는 불꽃놀이 세
트도.

누군가 여기서 죽은 건지도 모른다. 교통사고나, 아니
면 물놀이 사고. 어쩌면 스스로…….

그런 상상을 하고 있을 때였다.

"저기, 혼자야?"

가까이에서 갑자기 목소리가 들렸다.

어, 하고 놀라서 돌아봤다.

여자아이가 서 있었다. 흰색 원피스를 입은 내 또래다. 인상이 좀 나른해 보이는 건, 눈꺼풀이 도톰하고 약간 처진 눈이라서 그럴까. 긴 머리가 민소매에서 뻗어 나온 가느다란 팔에 늘어졌다.

언제 왔는지 언제부터 있었는지 전혀 짐작이 가지 않았다.

소녀가 당황한 내게 다가왔다. 발소리가 거의 나지 않는 조용한 걸음걸이로 바로 옆까지.

"혼자?"

"······응."

얼떨떨한 나머지 나도 모르게 고개를 끄덕였다. 소녀는 뭔가 생각하듯 말없이 내 얼굴을 빤히 쳐다보다가 "그렇구나." 하고 고개를 끄덕였다. 검고 긴 머리가 찰랑찰랑 흔들렸다.

"이런 곳에서 뭐 해?"

"어······ 그게."

소녀가 눈을 거의 깜박이지 않고 이쪽을 가만히 쳐다보자 어쩐지 기가 죽었다.

"바다를, 보러."

더듬거리는 말투로 얼른 대답하자 소녀는 또 서슴없이 오랫동안 내 얼굴을 쳐다본 후 "흐음." 하고 중얼거렸다.

꽤 얇게 입었구나 싶었다. 여름이 지나가고 가을이 오는 이 시기에 민소매 원피스. 분명 이 지역 아이일 텐데 해변 동네에 사는 것치고는 햇볕에 탄 부분이 전혀 없었다. 달빛 아래 훤히 드러난 팔은 약간 창백해 보일 정도였다.

"……너야말로 이런 시간에 뭐 해?"

역을 나서면서 마지막으로 시계를 봤을 때, 밤 9시가 넘은 걸 확인했다. 여기 있는 걸 수상쩍게 여기는 눈치라 따지듯이 묻자 소녀가 조용히 고개를 움직였다.

"아, 난 말이지." 하고 입을 열었다.

"엄마랑 싸우고 증거를 인멸하러 나왔어."

"뭐?"

"내 방이 엄청 지저분해서 엄마한테 오늘 혼났거든.

말끔히 정리하기 전에는 잠잘 생각 말라길래 혼자 조금 씩 정리하는데 이게 나왔지 뭐야."

소녀가 등 뒤에서 뭔가를 꺼냈다. 아까 말을 걸었을 때는 몰랐는데, 소녀는 납작하니 커다란 봉지를 들고 있었다. 겉면에 '불꽃놀이 세트'라는 글씨가 적혀 있었다.

"재작년쯤에 사놓고 하는 걸 깜빡했어. 꽤 오래된 물 건이지만, 화약을 사용하니까 이대로 버리면 큰일 날 수 도 있겠지? 들켰다간 엄마가 더 화낼 테니까 불꽃놀이 를 해서 처분해야겠다 싶어서 몰래 빠져나온 거야."

"아아……."

어떻게 대답해야 할지 난감해서 소녀와 슬쩍 거리를 두었다. 바로 아래가 모래밭인데도 광장 끄트머리에는 울타리고 뭐고 없었다. 위험하다고 생각하며 고개를 돌 리다가 문득 아까 꽃다발을 봤던 쪽으로 시선이 향했다. 여기서는 전신주에 가려서 잘 보이지 않았다.

하지만 머릿속에 물음표가 떠올랐다.

아까까지 꽃과 함께 놓여 있던 불꽃놀이 세트가 없어 진 것 같았다. 이 아이가 가지고 있는 것과 비슷하니 납

작한 불꽃놀이 세트 봉지가 분명 저기 놓여 있었던 것 같은데. 아니면 지금은 전신주에 가려서 보이지 않을 뿐일까.

"아, 어쩌지."

소녀가 야단났다는 듯 느닷없이 말을 꺼냈다.

"깜빡하고 성냥이나 라이터를 안 가져왔어."

"아, 나한테 있는데. 괜찮으면 쓸래?"

소녀의 말을 듣자 가방에 넣어온 라이터가 생각나서 불쑥 말을 꺼냈다. 소녀의 얼굴이 확 밝아졌다.

"어, 진짜?"

나는 "응." 하고 고개를 끄덕이고 소녀에게 다가갔다. 그리고 그제야 알아차렸다.

맨발이라는 걸.

목덜미에 전기가 찌릿 흐른 것 같았다. 기온은 아까와 그리 다르지 않을 텐데 등골이 오싹했다.

소녀는 신발 없이 해변의 콘크리트 광장에 서 있었다.

○

"에이, 불이 왜 이렇게 안 붙어!"

봉지에서 꺼낸 불꽃놀이 도구를 늘어놓고 소녀가 불만스럽게 소리쳤다.

봉지에 가느다란 불꽃놀이용 양초가 하나 들어 있어 그걸 콘크리트에 세우고 라이터로 불을 붙였다. 평소 라이터를 써보지 않은 탓인지 좀처럼 불이 안 켜져서 내가 당황하자 소녀가 "줘봐." 하더니 부싯돌을 힘껏 돌려서 양초에 불을 붙여줬다.

하지만 정작 불꽃놀이 도구에는 불이 붙을 기미도 보이지 않았다. 간신히 끄트머리에 불이 붙어도 불씨가 막대 끝에서 흔들릴 뿐, 불꽃이 뿜어져 나올 낌새는 전혀 없었다.

"습기가 찼나……. 하긴 산 지 꽤 됐으니."

나는 아까부터 전신주 뒤편이 신경 쓰여서 아쉬워하는 소녀의 목소리를 한 귀로 흘렸다. 불꽃놀이 세트는 여전히 저기 있을까. 만약 이 아이가 가져온 불꽃놀이 세트가 저기 있었던 것이라면 불이 붙지 않을 만도 하다. 지붕 없는 곳에서 비바람을 맞아서 화약이 젖었으리라.

"있지……."

"응?"

태평하게 대답하는 소녀에게 물어보기로 했다. 가슴이 두근두근했다.

"저기 있는 꽃다발, 죽은 사람한테 바친 거야?"

"어디?"

"저기 전신주 뒤편. 꽃이며 유니콘 봉제 인형이며 이것저것 많던데."

"아아……."

소녀가 느릿느릿 고개를 끄덕였다. 하지만 꽃다발도 전신주 쪽도 보지 않고 새 불꽃놀이 도구를 꺼내서 또 불을 붙이려 했다.

"몇 년 전에 사고가 난 모양이야."

"……혹시 여자아이가 죽은 건가?"

"왜?"

"봉제 인형이나 밀크티 캔…… 그런 게 놓여 있는 걸

보니 여자아이인가 싶어서."

"응."

소녀가 고개를 끄덕였다. 새 불꽃놀이 도구를 든 채
나를 보고 말했다.

"맞아, 여자아이라고 들었어."

"사고라면, 물놀이 사고?"

"응."

바람이 불자 촛불이 흔들리다가 꺼졌다. 소녀는 여전
히 꽃다발 쪽에 시선을 주지 않았다. 소녀가 내 얼굴을
정면으로 바라보고 말했다. 속삭이듯이.

"그래. 물놀이 사고로 죽었어."

나는 소녀에게 들키지 않도록 가만히 침을 삼켰다.

다음 순간 장난스러운 표정으로 되돌아온 소녀가 "아,
꺼졌네." 하고 라이터에 손을 뻗어 양초에 다시 불을 붙
였다.

그 모습을 지켜본 후, 나는 소녀의 그림자로 눈을 돌
렸다.

다양한 이야기에 자주 나온다. 죽은 사람에게는 그림

자가 없다고.

하지만 가로등 불빛과 달빛이 어렴풋이 비칠 뿐이라 발밑은 어두운 데다 좌우에 있는 건물의 그림자가 희미하게 드리워진 탓에 소녀의 발밑에서 그림자가 뻗어 나와 있는 건지 잘 분간이 되지 않았다. 내 발밑을 봐도 애당초 내 그림자조차 윤곽이 모호했다.

불꽃놀이 도구를 몇 개 더 시험해본 소녀가 한숨을 푹 내쉬었다.

"아, 진짜, 선향불꽃*에도 불이 안 붙다니 너무한 거 아니야?"

"······전부 습기가 찬 거 아닐까? 이쯤에서 포기하지 그래?"

"에이, 싫어! 어쩐지 억울하니까 일단 전부 다 해볼래."

소녀의 흰색 원피스가 흔들리는 모습은 요정처럼 가뿐하고 환상적이었다. 어떻게 보면 너무 가뿐하게 느껴

---

* 화약을 넣은 종이를 꼬아서 막대 모양으로 만든 불꽃놀이용 도구. 조 그만 불꽃이 사방으로 튀며 타오른다

지기도 했다. 소녀가 봉지에서 새 불꽃놀이 도구를 꺼내
서 내게도 하나 건넸다.

"같이 하자."

나는 대답 없이 소녀가 떠넘기듯 건네준 불꽃놀이 도
구를 받아들었다. 소녀처럼 땅에 쪼그려 앉아 불꽃놀이
도구 끄트머리를 촛불에 댔다.

하지만 불꽃이 솟아오를 낌새는 전혀 없었다.

마주 앉은 자세로 촛불에 불꽃놀이 도구를 대고 있던
소녀가 말했다.

"저기, 하나 물어봐도 돼?"

"응."

"가출했어?"

짧아진 양초의 흔들리는 촛불 아래로 촛농이 똑똑 떨
어졌다. 나는 소녀를 쳐다보지 않고 불꽃놀이 도구 끄트
머리에 온 신경을 집중하는 척했다. 실은 심장이 쿵쿵
크게 뛰었다.

"왜?"

"교복 차림이고, 이 부근 학교 교복도 아니고, 어쩐지

학교에서 집에 가는 길에 그대로 뛰쳐나온 것 같은 느낌이라서."

태연한 척하며 되묻자 소녀가 뜻밖에 진지한 표정으로 대답했다.

"중학생?"

"……응."

"그렇구나, 나도."

고개를 끄덕이고 나서야 하다못해 고등학생이라고 할 걸 그랬다고 후회했다. 하지만 "나도"라는 소녀의 말을 듣자 솔직히 말하길 잘했다 싶었다.

밤의 밀도가 높다. 오늘 밤은 어쩐지 계속 그런 기분이 들었다. 모르는 동네에서 처음 맞는 밤. 지금이라면 소녀에게 물어볼 수 있을 것 같았다.

"음, 나도 하나 물어봐도 돼?"

"응, 뭔데?"

"혹시 유령이야?"

'유령'이라고 또박또박 말하려 했건만 입술이 살짝 떨려서 '유우령' 하고 목소리가 늘어지며 내 의도보다 가벼

운 말투로 들렸다. 내 질문을 듣고 소녀는 입가에 희미

한 웃음을 지었다. 아까 내가 그랬듯이 소녀도 되물었다.

"……왜?"

나는 말문이 막혔다. 소녀의 뽀얀 맨발을 똑바로 바라

볼 수가 없었다. 소녀가 다시 물었다.

"왜 그렇게 생각하는데?"

"이렇게 늦은 시간에 그렇게 추워 보이는 옷차림으로

나타났고, 더구나……."

설명하려 했다. 평소 같으면 세상에 유령이 어디 있느

냐고 생각했으리라. 사실 난 지금까지 유령을 한 번도

본 적이 없었다.

하지만 지금이라면 그런 일이 생길지도 모른다. 지금

의 나라면 끌어당길지도 모른다.

왜냐하면 난 지금 '죽음'과 아주 가까운 곳에 있으니까.

"하나만 더 물어볼게."

소녀는 유령이냐는 질문에도 동요하는 기색 하나 없

이 불을 붙이려던 불꽃놀이 도구를 콘크리트에 휙 내던

진 후, 다른 불꽃놀이 도구를 집어 들고 *끄트*머리를 촛

불에 대며 또 물었다.

"죽을 생각이야?"

세찬 바람에 정통으로 휩쓸린 것처럼 머릿속이 심하게 흔들렸다. 서로 들러붙은 입술이 잘 떨어지지 않아서 "왜?" 하고 되묻는 목소리가 흐릿하게 나왔다. 하지만 소녀는 그 작고 흐릿한 목소리를 제대로 알아들은 모양이었다. 내게는 시선을 주지 않고 불꽃놀이 도구 끄트머리만 바라보며 대답했다.

"아까 가방에서 라이터를 꺼낼 때, 로프랑 칼도 들어있는 걸 봤어. 수건으로 감겨 있던 거, 그거 칼이잖아?"

소녀의 질문에 나는 침묵으로 답했다. 소녀가 말을 이었다.

"어쩌면 라이터도 뭔가 그런 목적으로 쓰려는 건가. 잘 다루지도 못하면서 가지고 다니는 걸 보면 말이야."

소녀가 노래하는 듯한 목소리로 말하고 불꽃놀이 도구에서 고개를 들었다. 나와 눈이 마주쳤다.

"라이터를 사용해 불타 죽을 생각이라면, 분명 어마어마하게 고통스러울걸."

그런 건 아니었다.

어떻게 죽을지 방법은 정하지 않았다. 과연 용기가 날지 안 날지 모르니까 일종의 보험처럼 생각해 칼과 로프도 일단 챙겨오긴 했다. 실행에 옮긴다면…… 어디서 뛰어내릴 작정으로 길을 떠났다.

"아니야."

겨우 목소리가 나왔다. 불꽃놀이 도구를 들고 같은 눈높이로 쪼그려 앉아 있던 소녀가 나를 말없이 바라봤다.

"라이터는…… 그만두기로 했을 때를, 위해서."

왜 술술 말하는 건지 스스로도 알 수가 없었다. 지금까지 누구에게도, 아무 말도 하지 못했는데. 하지만 넘쳐흐르는 것처럼 쏟아지는 말을 멈출 수 없었다.

"그만둘 때는 유서를 불태우려고."

말하면서 아아, 그랬구나, 하고 깨달았다.

할머니의 불단에 선향을 피울 때 사용하는 라이터를 슬쩍해서 가방에 넣었다. 그냥 칼이나 로프처럼 '죽음'을 연상시키는 물건을 이것저것 모으려다 보니까 그런 줄 알았는데, 실은 그런 마음이 있었던 건가. 이 마당에

와서도 그만둘 여지를 남겨뒀던 건가. 찢거나 버리는 수준이 아니라 완전히 없애버리고 싶으니까 라이터였구나 싶어서 새삼 놀랐다. 나는 아직 그럴 가능성을 버리지 않았다.

그토록 단단히 결심했건만 이제 와서 알아차린 자기 자신의 마음 앞에서 어쩔 줄 모르고 몸이 굳어버렸다.

소녀가 말했다. 조용하지만 단호하게.

"그만둬."

깜빡이지 않는 두 눈이 촛불 너머에서 나를 진지하게 쳐다봤다.

"몹시 고통스러워."

"하지만, 하지만……."

목구멍이 떨렸다. 어깨가 뜨거워졌다.

뭔가 이상해졌다고 언제 처음으로 느꼈는지 이제 잘 기억나지 않는다. 이상해졌다고 느꼈을 때는 이미 모든 것이 변한 뒤였고 예전 같은 나날을 되찾으려고 해도 어떻게 손쓸 방법이 없었다. 1학기가 끝나고 여름방학이 시작될 무렵까지는 겨우 버텼다. 2학기가 시작되자 하루하루가 질식할 것처럼 괴로워서 더는 버틸 수 없었다.

너잖아, 하고 다그침을 당했다.

까발린 거 너잖아, 하고.

모른다고 했지만 아니라고 분명하게 부정했더라도 누구도 내 말을 들어주지 않았다. 대놓고 단정하다니 너무하다고 말해주던 동아리 친구들 역시 언제부터인가 내가 인사해도 의미심장하게 서로 눈빛을 교환하며 거북하다는 듯 자리를 옮겼다. 어느덧 내 주변에 남아 있는 사람은 아무도 없었다.

내가 동아리에서 그런 꼴을 당했다는 사실이 어느 틈엔가 반 아이들에게도 퍼졌다. 그러자 교실에서도 점점 숨쉬기가 힘들어졌다. 비웃음이 느껴졌다. 저 아이는 문제아. 괜히 엮여서 좋을 것 없는 아이. 조롱해도 되는 아이.

동아리를 그만두고 싶다고 선생님에게 상담하자 선배와 그 아이들이 몰아세웠다.

도망치는 거냐고.

자기가 잘못해놓고 도망치는 거냐고.

반성한다면 태도로 증명해. 우리한테 보여줘. 도망치지 마, 우리는 너 때문에 상처받았으니까.

그토록 좋아했던 취주악 악기만 봐도 소리만 들어도 가슴이 답답하니 심장이 빨리 뛰었다. 모두의 목소리가 쫓아오는 것처럼 등 뒤에서 울려 퍼져서 클라리넷을 지탱하는 손가락이 떨렸다. 그때 다짐했다.

나는 아무 잘못도 없다. 그러니 보여주는 수밖에 없다. 내가 죽어서 사라진 세상에서 너희 모두가 반성하면 된다. 내가 어떤 기분이었는지 상상하고 괴로워하며 다른 사람에게 비난당하면 된다.

내가 오늘 이 세상에서 사라지면 아무것도 모르는 엄마 아빠는 분명 슬퍼하리라. 그렇게 생각하자 가슴이 꽉 조여드는 것처럼 아팠다. 미안해, 정말 미안해……. 몇 번이나 생각해봤다. 아이들이 자기 딸을 그렇게나 꺼렸다는 사실을 알면 엄마는 분명 더욱 슬퍼할 것이다.

내가 죽으면 '왕따'라는 말이 사용될지도 모른다. 하지만 나는 왕따를 당했던 게 아니다. 나는 어느 틈엔가 모두가 꺼리는 존재가 됐다. 나와 사이좋게 지내는 건 꼴사나운 짓이라고. 그런 건 정말 꼴불견이라고.

"이미 하기로 정했어. 오늘 끝내야 해. 돌아갈 수는 없단 말이야. 내가 다시 집에 돌아가는 것도, 다시 학교에 가는 것도 상상이 안 돼. 이렇게 멀리까지 올 만큼 용기를 낸 것도 처음이야. 그러니 오늘 못 하면 다시는 결심 못 해."

다시는 낮의 세계로 돌아가지 않아도 된다. 그렇듯 후련함과 아쉬움이 뒤섞인 기분으로 오늘 창밖을 흘러가는 풍경을 바라봤다. 밤바다에 온 것도 처음이다. 그러니 돌아가고 싶지 않다. 돌아가면 또 그런 나날이 되풀이된다고 생각하자, 내일도 모레도 그 후로도 그저 반복되는 나날 속에서 살아가야 한다고 생각하자 비명이 나올 것 같았다.

하지만……

"그만둬. 적어도 오늘은."

눈앞에서 그 아이가 말했다. 아까 처음 만난 사이건만

소녀는 진지한 눈빛으로 나를 똑바로 쳐다봤다. 이제 누구도 내게 주지 않을 줄 알았던 시선. 소녀의 눈이 일그러졌다.

"오늘을 넘기면 뭔가 달라질지도 몰라."

"아니. 아무것도 안 달라져."

"하지만 이렇게 멀리까지 온 거, 처음이잖아?"

소녀가 갑자기 언성을 높였다.

"여기까지 올 수 있었으니까, 이제 괜찮아. 그만둬."

"그래도……!"

마치 목을 조르는 것처럼 괴로워서 울음을 터뜨리듯 크게 소리친 바로 그때.

내 손 언저리에서 갑자기 빛이 생겨났다.

쉭, 하는 가늘고 날카로운 소리와 함께 어둠 속에 느닷없이 눈부신 빛이 나타났다. 드디어 불이 붙은 불꽃놀이 도구 끝에서 별의 꼬리같이 기다란 불꽃이 뿜어져 나왔다.

"어?"

"앗!"

나와 소녀의 목소리가 겹쳤다. 지금까지 무슨 이야기를 했는지도 잊어버릴 만큼 놀랐다.

"와!"

"우와!!"

그 후에 감탄하는 목소리까지 겹쳤다. 우리는 흥분한 목소리로 동시에 외쳤다.

"붙었다!"

불꽃이 더 세차게 흘러 떨어졌고 더 힘차게 빛났다.

계속 들려오던 파도 소리가 귓가에서 사라졌고 불꽃이 타닥타닥 뛰는 소리가 울렸다.

나는 아쉬운 마음으로 그 빛과 소리를 바라보고 들었다. 짧은 시간 동안 손안에 있었던 빛이 사라지는 마지막 한순간까지 아까운 기분으로 그 반짝임을 눈에 새겼다. 오늘 전철에서 창문으로 비쳐드는 마지막 햇살을 아쉬운 마음으로 바라본 것처럼…….

밝은 불꽃과 불꽃이 타닥타닥 뛰는 소리가 사라진 후

에도 눈 속에 불꽃의 잔상이 남아 있었다. 호를 그리며 떨어지던 불꽃은 가을철 참억새와 비슷해 보였다. 그러자 올해는 참억새를 못 보는 건가, 엄마와 할머니가 매년 달맞이 경단과 참억새를 차려놓는 모습[*]을 다시는 못 보는 건가, 그 아이들 때문에, 라는 생각이 단숨에 흘러나왔다. 다음 순간 감정이 폭발했다.

억누를 수 없었다.

"나⋯⋯."

화약 냄새가 났다. 타고 남은 불꽃놀이 도구를 움켜쥔 채 나는 그 자리에 쪼그려 앉았다. 그대로 돌처럼 굳어버렸어도 감은 두 눈에서는 눈물이 서서히 배어났다.

"⋯⋯죽기 싫어."

불꽃이 타닥타닥 튀던 소리가 아직도 귓속에 남아 있었다. 남에게 들려줄 의도 없이 불쑥 튀어나온 말에 나 자신도 놀랐다. 슬픈 걸까, 화난 걸까, 괴로운 걸까. 나

---

[*]   음력 8월 15일과 9월 13일에 참억새와 경단을 차려놓고 달맞이하는 풍습을 가리킨다

자신의 감정인데도 스스로 이름을 붙일 수가 없었다.

"응."

그런 목소리가 들려서 나는 뜨끈해진 눈꺼풀에서 천천히 손을 뗐다. 소녀는 아직 여기 있었다. 아까 갑자기 나타난 것처럼 갑자기 사라져도 이상해할 것 없다고 생각했으므로 아직 있다는 사실에 안도했다.

"하지만 무서워."

"응."

소녀가 또 고개를 끄덕였다.

"무섭겠지."

"돌아가기도 무서워. 큰 소동이 벌어졌을지도 몰라. 엄마 아빠도 걱정하고 있을 테고."

"응."

"이제 돈도 없는데, 그렇지만……."

나도 모르게 말을 꺼냈다.

"곁에 있어줄래?"

보통 친구에게는 하지 못했을 말을 이 아이에게는 할 수 있었다. 눈앞의 소녀가 사라져버리는 광경을 상상했다. 그렇지만…….

"아침까지는 곁에 있어줄래?"

전신주 뒤편에 불꽃놀이 세트가 있었는지 애당초 꽃다발이 있었는지 기억이 모호했다. 소녀의 발밑에 그림자가 있는지 없는지도 이제 굳이 확인하고 싶지 않았다.

유령은 사람을 죽음으로 끌어들이는 무서운 존재인 줄 알았다. 이렇게 사람을 삶에 붙들어 매주는 유령도 있는 걸까.

"응."

소녀가 고개를 끄덕였다. 불꽃놀이 도구를 든 채 얼굴에 미소를 지었다.

"알았어. 곁에 있어줄게."

○

기일일 수도 있겠다 싶었다.

오늘은 그만두라고 말렸던 소녀의.

기일이니까 그렇게 꽃이며 다양한 공물이 놓여 있었

던 건지도 모른다.

자기가 죽은 날이니까 고통스럽다고 알려주러 온 건지도 모른다. 죽음과 너무 가까운 곳에서 헤매고 있던 내게.

그 아이 역시 뭔가 후회가 남았는지도 모른다. 그래서 가르쳐주러 나타난 건지도 모른다.

이름을 물어보는 걸 깜빡했다.

물어볼 걸 그랬다.

그러고 보니 나도 그 아이에게 이름을 가르쳐주지 않았다.

쩩, 쩩, 하고 아침 하면 생각나는 참새 울음소리가 들렸다.

쩩, 쩩, 하고 지저귀는 소리에 섞여 끼루룩, 하는 소리가 멀리서 들렸다. 갈매기 소리 같다 싶었을 때, 눈꺼풀 위에 밝은 빛이 느껴졌다. 눈물이 마른 뺨 위로 햇빛이 쏟아졌다.

누군가의 숨소리 같은 것도 느껴졌다. 축축한 코 같은

감촉. 헥헥, 하고 소리가 났다.

개의 숨소리 같은.

나는 천천히 눈을 떴다. 울어서 부은 눈에는 아침 햇살이 자극적인지 눈을 조금만 떴는데도 찌르는 것처럼 아팠다. 딱딱한 콘크리트에 누워 있었던 탓인지 몸도 여기저기 쑤셨다. 눈을 완전히 뜨자 시커멓고 털이 긴 대형견의 얼굴이 바로 앞에 있어서 나도 모르게 소리를 질렀다.

"으악!"

멍멍, 하고 개가 짖는 바람에 나는 허둥지둥 몸을 일으켰다. 유령 소녀와 마지막 남은 하나까지 불꽃놀이를 하다가 어느덧 잠들어버렸던 모양이다. 펑펑 운 탓에 눈 옆에 눈물 자국이 생겼고 입가에는 침을 흘린 자국이 남아 있어서 얼른 입 주변을 닦았다.

일어서자 개를 산책시키는 중이었던 듯한 모르는 아주머니가 "이 녀석, 안 돼." 하고 개를 야단쳤다. 주인이 야단치자 개는 짖는 걸 멈추고 커다란 꼬리를 빙글 돌렸다. 아주머니는 다시 달려가려는 개를 쫓아가며 나를 돌아보고 말했다.

"놀라게 해서 미안해. 이런 곳에서 자면 감기 걸려."

"아, 죄송해요. 이제 돌아갈 거니까 걱정하지 마세요."

아직 반쯤 잠이 덜 깬 머리로 재빨리 대답했다.

"그래? 그럼 다행이고."

온전히 선의에서 말을 걸어준 듯한 아주머니가 목줄을 잡아당기는 개에게 끌려가다시피 멀어졌다. 아주머니가 사라지자 아침 햇살에 새삼 눈이 시렸다. 햇빛이 반사된 바다가 바로 근처에서 반짝반짝 빛났다.

그 광경을 보자 아무 말도 나오지 않았다.

정말 예뻤다.

다시는 못 볼 줄 알았던 햇빛. 밤을 지나 나는 다시 아침을 맞이했다.

어젯밤 일을 떠올렸다.

나는 살아남았다. 하지만 이 아름답고 눈 뜨기가 힘들만큼 무수히 많은 빛의 조각을 반짝반짝 띄워놓은 듯한 이 바다에서 어제의 그 아이는 죽은 걸까. 그렇게 생각하자 가슴이 찢어질 것처럼 아팠다.

그때였다.

바다에서 내 발 언저리로 시선을 돌리다가 헉, 하고 숨을 삼켰다.

있다.

어리둥절했다. 있네, ……왜 있지, 하고 눈을 비볐다. 하지만 사라지지 않았다.

흰색 민소매 원피스를 입은 소녀가 콘크리트 바닥에 아무렇게나 누워서 자고 있었다. 아침 햇살을 받아도 녹아내리지 않고 태연하게, 오히려 잠버릇이 고약하다고 할 만큼 자유분방한 자세로 나른한 듯 목덜미를 오른손으로 긁적였다.

"어어어어어어어어엇!"

혼란스러움이 그대로 목소리에 담겨서 나왔다.

어, 엥, 왜, 어떻게 된 거지? 얼떨떨한 기분으로 조심조심 소녀의 팔을 손가락으로 쿡 찔러봤다. 만져진다, 있다. 이 아이는 여기에 있다.

"아우, 시끄러워……. 뭐야? 잠들어버렸네."

소녀가 노곤한 목소리로 말하며 천천히 몸을 일으켰

다. 아직도 많이 졸린 듯 눈을 비비다가 애니메이션이나 만화에나 나올 것처럼 요란스럽게 하품을 한 후 나를 쳐다봤다.

"좋은 아침."

"어, 잠깐…… 어떻게 된 거야?"

나는 심한 동요를 감추지 못하고 소녀의 얼굴을 바라봤다. 바다에 반사된 햇빛이 비치는 눈동자가 예쁜 유리구슬처럼 투명해 보였다. 분명히 이 세상에 존재하는 눈이다.

"유령 아니었어?"

"유령이라고 한 적은 한 번도 없는데."

"뭐? 하지만 보통 그렇게 받아들일걸? 죽고 싶어 하는 내 앞에 불쑥 나타난 데다 맨발이고, 옷도 얇고, 불꽃놀이 세트도……."

콘크리트 바닥에는 불타고 남은 불꽃놀이 도구가 여기저기 흩어져 있었다. 녹아내려서 완전히 짧아진 양초도 남아 있었다. 여기저기 둘러보다 비로소 광장 가장자리에 시선이 멈췄다.

어제는 어두워서 몰랐는데 캐릭터가 들어간 검은색 비치 샌들이 거기에 달랑 놓여 있었다. 잠에서 깬 소녀가 "후아암" 하고 또 크게 하품을 했다.

"맨발로 다니면 발바닥에 닿는 촉감이 좋거든. 그래서 벗었어."

"불꽃놀이는……."

꽃이 놓여 있던 전신주 옆을 보았다. 그러자 불꽃놀이 세트가 담긴 봉지가 거기 있었다. 정말로 전신주에 가려서 보이지 않았을 뿐이었나 보다.

이 아이는 사실을 말했던 건가.

멍하니 서 있는 내 앞에서 소녀가 흰색 원피스 호주머니에 손을 넣어 스마트폰을 꺼냈다. 화면을 보고 "억!" 하고 외마디 소리를 내며 인상을 잔뜩 찌푸렸다.

"야단났네. 엄마한테 전화가 완전 많이 왔어. 이게 도대체 몇 번이냐. 난 이제 죽었다."

어쩐지 어린아이 같은 말투가 어젯밤 내가 이 아이에게 품었던 환상적인 이미지를 뒤집었다. 흰색 원피스도 자세히 보니 여기저기 얼룩이 묻고 주름도 져서 유령처럼 완벽하게 말끔하고 덧없는 분위기는 느껴지지 않았다. 뭐랄까, 생활감이 물씬 풍겼다. 얼굴과 팔도 어젯밤에 달빛 아래서 봤을 때만큼 창백하지 않았다.

유령이 아니었다.

소녀가 기지개를 쭉 켰다. "에휴, 엄청 깨지겠네." 하고 말한 후 스마트폰을 주머니에 넣었다. 내 시선을 알아차렸는지 이쪽을 보고 씩 웃었다.

"아, 웃긴다. 진짜 유령인 줄 알았어?"

"그게…… 어제라면 그런 일도 있을 수 있겠다 싶어서."

어제는 인정받았던 '죽고 싶다'라는 마음을 지금 밝은 햇빛 아래서 한 번 더 입 밖에 내기는 망설여졌다. 모호한 내 대답에 소녀는 웃음을 거두고 진지한 표정으로 "있지." 하고 내게 물었다. 빛으로 막을 둘러친 것처럼 투명한 눈동자가 배려하듯 나를 쳐다봤다.

"왜 죽고 싶었던 거야?"

그 말을 듣고서야 소녀가 어젯밤에 이유조차 물어보지 않았다는 걸 알아차렸다. 이유도 묻지 않고서 고통스러우니까 그만두라며 죽음에 더는 가까이 다가가지 못하도록 온몸으로 나를 붙잡았고 밤새 함께 있어줬다.

나를 여기에 붙들어놓았다.

"……동아리 선배가 누굴 좋아하는지 내가 남학생들에게 알려준 것 아니냐고 해서."

자연스레 입이 벌어졌다. 누구에게도, 부모님에게도 못 했던 말인데.

"여학생들은 다들 알고 있었는데, 어느 틈엔가 남학생들에게까지 비밀이 새어 나가서 범인 찾기가 시작됐지. 그러다 내가 까발린 것 아니냐고 다그쳤어. 난…… 아무한테도 말 안 했는데."

왜 내가 의심받았는지 처음에는 몰랐다. 하지만 이제는 안다. 분명 내가 동아리에서 연주 실력이 제일 형편없었기 때문이다. 다른 사람들보다 박자가 늦고 악보를 못 쫓아가서 아예 소리를 못 내기도 했다. 클라리넷이 중요한 멜로디 라인을 차지하는 곡도 많다며 예전부터 주의를 받았다. 그래서 다른 사람들을 따라잡기 위해 애썼다. 그래도 거치적거린다는 이유로 선배들은 나를 몹시 싫어하고 멀리했다.

또 한 가지는 열심히 연습하는 나를 선생님이 신경 써
줬기 때문에. 취주악부 담당이자 젊고 인기가 많은 가타
기리 선생님은 연주 실력이 좋은 3학년 남자 선배들에
게 나와 같이 연습하라고 했다. 그렇게 남자 선생님이나
남학생들과 거리가 가까워진 듯 보인 것도 나를 멀리하
고 의심한 원인 중 하나다. 왜 그 아이만, 실력도 형편없
는데 어째서. 그 3학년 남학생 중에는 그 선배가 좋아하
는 사람도 있는데.

"흐음."

소녀가 고개를 끄덕였다. 가벼운 말투라서 한결 마음
이 놓였다. 같은 학교에 다니지 않는 이 아이에게는 '흐
음' 정도로 반응할 일이라고 생각하자 어수선한 가슴속
이 뜨끔 아프면서 동시에 어쩐지 안심됐다.

"그 선배, 상대를 좋아한다는 걸 들켜서 차였다든가?"

"아니. 마음은 먼저 들통났는데, 그 후에 고백해서 지
금은 사귀나 보더라고."

"어. 뭐야, 그게!"

소녀가 진심으로 놀란 듯 눈을 부릅뜨고 인상을 찡그렸다. 그 말투와 표정이 너무나 호들갑스러워서 나도 놀랐다. 소녀가 말을 이었다.

"그럼 된 거잖아? 일이 잘 풀렸으니 만만세인걸. 더 이상 널 탓할 필요도 없는데 왜?"

"결과적으로 잘됐더라도, 처음에 약속을 어긴 건 역시 용서할 수 없대. 그 밖에 내 태도 같은 것도 전부 문제가 있다나. 뭐가 계기였는지는, 이제 다들 상관도 안 할걸."

"우와아…… 믿기지 않을 만큼 돌머리들이네."

소녀가 어이없다는 듯 얼굴을 찌푸렸다. 전혀 관계없는 사람이 확실히 그렇게 말해주자 가슴에 맺힌 응어리가 사라지고 마음이 편해졌다.

"죽지 않길 잘했네."

소녀가 말했다. 철썩, 하고 부드러운 파도 소리가 그 목소리에 겹쳤다.

"그런 인간들 때문에 죽지 않길 잘했어."

"응."

바다 냄새를 머금은 바람이 불었다. 그 차가운 바람이

느껴진다는 것이 지금은 정말 기뻤다. 지금이라면 진심으로 고개를 끄덕일 수 있다.

"맞아, 죽지 않길 잘했어."

이렇게 멀리까지 온 거, 처음이잖아? 소녀가 한 말이 떠올랐다. 그렇다, 나는 혼자서도 이렇게 멀리까지 왔다.

"저기."

소녀가 갑자기 내게 물었다.

"어제 정말로 혼자였어?"

"응?"

"우리 집, 저 맨션 4층인데."

소녀가 큰길 건너에 있는 건물을 가리켰다. 건물 창문 중 하나에 내가 시선을 멈추자 소녀가 말했다.

"어제 불꽃놀이 세트를 어떻게 처분할까 고민하며 베란다에서 밖을 보니…… 여기에 너랑 여자아이가 한 명 더 있었어."

"뭐?"

"네 옆에 서서 함께 바다를 바라보는 느낌이었지. 뭐 하는 걸까 싶었는데, 그 아이가 이쪽을 보고 내게 손짓하더라고."

나는 눈이 휘둥그레졌다. 깜짝 놀란 다음 순간, 반사적으로 꽃이 놓여 있는 곳을 돌아봤다. 밀크티 캔, 봉제인형. 일찍이 여기서 목숨을 잃은 여자아이.

"모르는 아이였는데 어쩐지 가봐야 할 것 같아서 왔지. 마침 불꽃놀이 세트도 처분해야 했고. 그런데 너 혼자 있어서 혼자냐고 물어본 거야."

등이 쭉 펴졌다. 무섭다거나 꺼림칙한 기분이 아니라자세를 바르게 하고 싶어 자연스레 그렇게 됐다.

"그 후로는 그저 흐름에 따라서 이야기했지."

눈을 뜨고 있기 힘들 만큼 바다가 정말로 눈부시게 빛났다. 반짝거리는 빛을 받고 눈을 가늘게 뜨며 소녀가말을 이었다.

"가출했다는 것도 자살하고 싶어 한다는 것도 확신이갈 정도는 아니었지만…… 어쩐지 그런 분위기가 풍겨서 에라 모르겠다 하고 물어본 거야. 안 만났다면 모를까, 만나서 다 알아놓고 그냥 놔두기는 절대로 싫었어."

나는 또 빨려드는 것처럼 꽃이 놓인 장소에 시선을 주

었다.

코스모스와 안개꽃 꽃다발. 유니콘 봉제 인형, 밀크티, 불꽃놀이 세트.

"어떤 아이였을까?"

나도 모르게 물었다. 둘 다 자연스레 꽃다발 앞으로 발길이 향했다. 우리는 나란히 서서 물건들을 바라봤다.

"왜 죽었을까?"

"사고라고 들었는데."

우리는 함께 두 손을 모았다. 가슴이 찡하게 아팠다.

사고라면 스스로 목숨을 버리지는 않았다는 뜻이다. 좀 더 살고 싶었을 텐데…… 어쩌면 그래서 내 앞에 나타난 걸까.

기일일 수도 있겠다는 생각은 틀리지 않았을지도 모른다. 지금도 누군가 여러 가지 공물을 바치고 그 아이의 죽음을 애도하고 있다. 그 아이는 어제 나를 보고 그냥 내버려두면 안 되겠다고 생각한 걸까. 아무도 더 이상 나를 보지 않고, 신경도 쓰지 않는 줄 알았는데.

두 손을 모은 채 눈을 감자 저절로 입술이 움직였다.

작은 목소리로 고마워, 하고 중얼거렸다. 옆에 있는 아이에게 들리지 않도록, 하지만 동시에 들려도 상관없다는 생각도 들었다.

어제, 빠져나갈 곳이 없는 심정으로 여기까지 온 내게 일어난 일은 대체 무엇이었을까.

"어떻게든 될 거야."

소녀가 불쑥 말했다. 눈을 감은 채 내가 아무 대답도 하지 못하자 소녀는 말을 이었다.

"집을 나왔으니 혼날 테고, 큰 소동이 벌어져서 다들 걱정하고 있겠지. 그래도 살아서 돌아간다면 다 별것 아니지. 어떻게든 될 거야."

"……응."

"아참, 배고프지? 맥도날드 안 갈래?"

그 제안에 쳐다보자 소녀가 고개를 들어 나를 보며 밝게 말했다.

"나도 지금 돌아가봤자 야단만 맞을 테니, 맥모닝 먹으러 가자."

"이 부근에 맥도날드 있어?"

아무것도 없는 바닷가 동네라는 기분으로 어제 한적한 길을 걸어온 인상밖에 남아 있지 않았다. 내 질문에 소녀가 웃음을 터뜨렸다.

"당연히 있지. 뭐야, 우리 동네 무시하냐? 저쪽 길 안쪽으로 들어가면 제법 도시 느낌이 난다고. 가자."

소녀가 내 팔을 잡아끌었다. 확실한 질감과 온도가 느껴졌다. 그 감촉에 안도했다. 하늘을 우러러보고 싶은 기분이었다.

이 아이가 유령이 아니라서 다행이야.

그러다 생각이 났다. 내가 어제 이 아이에게 '곁에 있어달라'고 부탁한 것이. 이제 와서 창피하게 그 말이 되살아났다.

"이름 가르쳐줘. 난 노도카라고 해."

소녀가 말하며 이쪽으로 손을 뻗었다. 그 손을 잡으며 나도 대답했다.

"난, ……우미海."

그러고 보니 밤바다는 본 적이 없네.

그때 그렇게 생각하며 이 역에서 내리길 잘했다.

"우와, 이름 예쁘다."

"'노도카'도 예쁜 이름이야."

이야기를 나누며 우리는 함께 걸어갔다. 도중에 마지막으로 광장을 돌아보자 바다에서 반사된 햇빛이 밝게 비치는 광장 앞에서 조용하게 미소 짓는 여자아이의 모습이 한순간 보였다가 바로 사라진 것 같았다.

바다가 이끄는 대로

밤의 틈새를 누비듯

달리는 전철에서 흔들흔들

뒤로 흘러가는 경치를 혼자

앉아서 바라봤어. 바라봤어.

오후의 햇빛은 오렌지빛 석양으로 물들었다가

보랏빛 하늘로 녹아들어 가

그 마지막 빛을 아쉬워하듯

눈으로 좇는 건

오늘로 안녕인 거야

내일을 버리기 위해 뛰쳐나온 도피행

편도 티켓으로 갈 수 있는 데까지 가는 거야

어디에도 머무를 곳이 없는 나를

이대로 밤에 두고 가 두고 가

문득 창문에 비친 경치가 캄캄해졌어

뭔지 알아차린 그건 그래 분명 밤바다

충동이 내민 손을 잡고 내려선 해변 마을 파도 소리에

그저 이끌리듯 걸었어

누군가가 날 부른 것처럼

다가간 바닷가

여기엔 나 혼자

이대로 차라리 몸을 여기에

그런 생각을 하는 내 앞에

갑자기 나타난 너는

달빛 아래 창백한 피부

새하얀 원피스 차림

"이런 곳에서 뭐 해?"

갑작스럽게 물어보길래

말을 더듬거리며

"바다를, 보러"

너는 뭔가를 꺼냈어

그것은 조금 오래된 불꽃놀이 세트

그제야 깨달았지 그 아이는

콘크리트 위에 맨발이었어

오늘로 전부 끝내겠다고 결심했으니까

분명 내가 저세상에 가까워졌으니까

보이는 거야, 만나버린 거야

그런 너와 둘이서

불꽃놀이 세트를 뜯었어

좀처럼 불이 붙지 않는 불꽃놀이 도구를 촛불에 가까이 대며

내가 여기에 온 까닭을 넌 맞혔지

그리고 몇 번이고 그만두라고

진지한 눈빛으로 말했어

그렇지만

그 순간 손끝에서 빛이 뿜어져 나왔어

무심코 "붙었다!"라고 둘이 동시에 외쳤지

휘황찬란하게 빛나는 불꽃의 날카로운 소리가 울려 퍼졌어

울려 퍼졌어

가만히 바라볼 여유도 없이 사라져가는 반짝임이

아쉬워서 마지막 한순간까지 뒤쫓았어

전철 창문으로 보였던 마지막 태양을 아쉬워했던 것처럼

뒤쫓았어

역시 흠 난

있잖아 날이 새면 넌

어딘가로 사라지려나

밤의 장막을 빠져나와

아침 햇살에 눈을 떴어

옆을 보니 당연하다는 듯 자고 있는

너의 모습

海のまにまに

夜の合間を縫うように

走る電車の中ゆらり

後ろ向きに流れる景色をひとり

座って 見ていた 見ていた

昼下がりの陽射しは

夕陽のオレンジ色に染まって

藍色の空に押し潰されていく

その最後の光を惜しむように

目で追いかけたのは

今日で バイバイ だから

明日を捨てる為に飛び出した逃避行

片道分の切符で行けるとこまで行くの

どこにも居場所なんて無い私をこのまま

夜に置いてって 置いてって

不意に窓から見えた景色が暗闇に

気付いたあれはそうだきっと夜の海

出来心に手を引かれて降りた海辺の町

波の音にただ導かれるように歩く

誰かに呼ばれるように

近付いた海のほとり

ここにはひとり

もうこのままいっそ体をここに

なんて考えていた私の前に

突然現れた君は

月明かりの下

青白い肌

白のワンピース

「こんなとこで何しているの?」

なんて急に尋ねるから

言葉に詰まりながら

「海を、見に」

君は何かを取り出した

それは少し古い花火セット

そこで気付いた

彼女はコンクリートの上

裸足だった

今日で全部終わりにすると決めたから

きっと私があの世界に近付いたから

視えてしまった出会ってしまった

そんな君と二人で

花火の封を切った

なかなか点かない花火に火を近付けながら

私がここに来た理由を君は当ててみせた

そして何度もやめなよって

真剣な眼差しで言った

だけど

その瞬間この手の先で光が弾けた

思わず「点いた」と二人で揃えて叫んでた

これでもかと輝く火花の

鋭い音が響いた 響いた

ゆっくり眺める暇もなく消えていく輝きを

もったいなくて最後の一瞬まで追いかけた

電車の窓から見えた

最後の太陽を惜しんだように

追いかけた

やっぱり Hm 私

ねえ夜が明けたら君は

どこかへ消えてしまうのかな

夜の帳を抜け出して

朝の光で目が覚めた

隣を見ると当たり前のように眠る

君の姿。

色違いのトランプ

색이 다른 트럼프 카드

미야베
미유키

그날 야스나가 소이치는 바빴다. JR 옛 오차노미즈역 근처의 발굴 현장에서 조작 실수로 중장비가 옆으로 넘어지는 사고가 발생해 뒷일을 수습하느라 정신이 없었다. 오후 5시가 넘어서야 지휘 차량에 놔뒀던 개인용 스마트폰을 겨우 확인했다.

부재중 전화가 스무 통쯤 돼서 놀랐다. 전부 도코로부터 걸려온 전화로, 오후 내내 계속해서 와 있었다. 소이치의 아내 도코는 야무진 사람이라 어지간히 중대한 일이 일어나지 않는 한, 근무 중인 남편에게 연락하지 않는다.

부랴부랴 전화를 걸었는데 이번에는 도코가 전화를 받지 않았다.

"미안해. 이제야 스마트폰을 확인했네. 연락 줘."

짧은 음성 메시지를 남긴 후 마침 현장을 떠나려던 셔틀버스 중 한 대에 올라탔다. 발굴 작업원과 무선통신사, 정밀 청소원과 보존 수복가들로 가득한 버스에는 일과에 지친 직장인들의 땀 냄새가 풀풀 풍겼다. 소이치는 두 눈 안쪽이 욱신욱신 아파서 손가락으로 미간을 주물렀다.

얇은 여름 재킷의 가슴주머니에서 스마트폰이 진동했다. 도코의 전화다. 운 좋게도 다음 버스 정류장이 가까웠다. 소이치는 전화를 받으며 하차 버튼을 눌렀다.

내린 사람은 소이치 한 명이었다. 버스 정류장에는 사람들이 줄을 길게 서 있었다. 피곤하고 진절머리가 난다는 얼굴, 얼굴, 얼굴.

"버스에서 내렸으니까 통화할 수 있어. 무슨 일이야?"

소이치는 줄 선 사람들에게서 멀어지며 물었다.

"나쓰호 일이야."

대답하는 아내의 목소리가 묘하게 작았다. 주변은 조용하고 잡음도 없는데 어떻게 된 걸까.

"잘 안 들리는데. 어디 있어?"

"……미안해. 이제 어때?"

아까보다 조금 잘 들렸다.

"나 지금 거울세계 식별 관리국에 있어. 아오야마 3번지에 있는 건물. 중앙 섹터. 나쓰호가 다니는 고등학교는 이곳 관할이래."

거기까지 듣고 소이치는 드디어 알아차렸다. 아내의 목소리가 가녀렸던 건 겁먹었기 때문이다.

"대체 무슨 일이야?"

묻고 나서 대답을 기다리는 짧은 시간에 외동딸의 얼굴이 소이치의 머릿속에 떠올랐다. 열일곱 하고 7개월. 지난 2년쯤 집에서는 웃는 얼굴을 본 적이 없었다. 대개 화를 내거나 말없이 퉁명스러운 표정이다. 별 볼 일 없는 발굴 현장 감독관인 아버지와 그런 아버지에게 '매달려서' 살아가는 방법밖에 모르는 어머니에게 모멸감을 고스란히 드러내기도 한다.

"늘 태평해 보이는 얼굴이네."

"아버지도 어머니도 지금이 얼마나 위태로운 시대인지 알긴 아는 거야?"

"평화에 중독돼서 언제까지나 이렇게 지낼 거라고 믿는 거지."

건실하지만 풋내 나는 독설과 작은 송곳니.

다감한 시기잖아, 사춘기라 정서가 불안정해졌을 뿐이야, 부모가 오히려 여유를 잃으면 어떻게 해, 따뜻하게 지켜봐줘야지. 소이치도 도코도 그렇게 생각하며 노력해왔다.

하지만 부모도 인간이다. 허탈감에 마음이 꺾이기도 한다. 도코는 그래도 딸의 마음을 어떻게든 이해하려고 노력하는 듯했다. 반면 소이치는 완전히 지쳐서 요즘은 최대한 나쓰호와 생활시간이 겹치지 않도록 했다. 서로 말을 하지 않을뿐더러 얼굴도 제대로 보지 않는다. 매일 밤 그림책을 읽어달라고 조르고 아버지가 보여주는 서투른 카드 마술에 눈을 반짝거리던 작은 소녀의 모습은 이제 딸에게 눈곱만큼도 남아 있지 않다.

"······왔어."

"뭐?"

"나쓰호, 여기로 붙잡혀 왔다고."

도코는 속삭이듯 말했다.

"그저께 밤에 제2거울세계의 국회의사당에서 폭탄 테러가 발생했는데, 범행에 그쪽의 나쓰호가 연관된 모양이래."

그러고 보니 오늘 아침 현장에서 누군가가 테러 이야기를 했던 것 같았다. 아니, 어제 아침이었을까. 저쪽 세계의 뉴스라서 흘려들었다.

"그야 큰일이지만, 우리 나쓰호하고는 상관없는 일이잖아."

"응. 하지만 저쪽의 나쓰호가 이쪽으로 도망칠 가능성이 있다나."

범행 집단의 아지트에는 협정 외의 차원 이동에 필요한 장비와 위조 서류, 개인 정보가 남아 있었다고 한다.

"이쪽으로 도망쳐서 뭘 어쩌려고?"

"우리 나쓰호의 신원을 빼앗으려는 건지도 모르지."

그래서 식별 관리국은 미리 이쪽 나쓰호를 확보해놓고 제2거울세계의 나쓰호가 나타나면 즉시 체포해서 구속할 준비를 했다고 한다.

"식별 관리국에서야 우리 나쓰호를 보호한다고 주장하지만, 내 생각에는 이것도 구속이야."

도코의 목소리가 탁해졌다. 소이치는 손으로 이마를 눌렀다. 눈 안쪽의 통증은 가라앉을 낌새가 없었다.

그 일은 올해처럼 무더운 여름에 일어났다. 예상치 못한 변고로 세상이 변했다. 너무 커서 일반인의 일상과는 동떨어진 변화도 있었고, 자잘하지만 하루하루의 삶에 영향을 주는 찜찜한 변화도 있었다.

세계적 규모의 변화였음에도 세계 각국이 똑같이 영향을 받은 것은 아니었다. 토대부터 뒤흔들린 국가도 있고 흔들림이 거의 없는 국가도 있었다. 변고가 발생해 얼마나 큰 피해를 입었느냐보다 국가별로 정치 체제가 달라서 생긴 차이였다.

7년 전 8월 10일 오후 1시 40분, 북극해의 외딴섬에 설치된 세계 최대 규모의 양자 가속기 '롬블렌'에 원인 불명의 폭발 사고가 일어났다. '롬블렌' 내부에서 일하던 불운한 기술자와 연구원 약 서른 명이 함께 지상에서 사라졌다. 이것이 최초의 변고였다.

당시 소이치와 도코는 결혼 12년 차로, 도쿄 변두리의 한적한 동네에 살고 있었다. 건축회사 사원이었던 소이치는 아내 도코, 초등학교 4학년인 딸 나쓰호와 함께 회사에서 빌려준 임대 맨션에서 생활했다. 여름방학이었던 나쓰호는 학교의 야외 수영장에 다니느라 흰자위와 이 말고는 온몸이 다 까맣게 탈 만큼 신나게 놀았다.

'롬블렌'에서 최초의 폭발이 일어난 건 오후 1시 40분 32초, 그로부터 4분 후에 2단계 폭발이 일어났고, 그 후로도 17단계까지 연달아 파괴적인 폭발이 일어나다가 두 시간 하고도 8분 후인 오후 3시 49분에야 드디어 폭발이 멈췄다.

평소보다 일찍 오봉* 휴가를 받은 소이치는 그날 집에

---

* 한국의 추석과 비슷한 일본의 명절

있었다. 집이 살짝 흔들리는 걸 느꼈을 때 지진이라고 생각했지만 입 밖에는 내지 않았다. 하지만 부엌에 서 있던 도코가 "흔들리네." 하고 짤막하게 말하고 가스레인지를 껐다.

나쓰호는 그날 수영 교실에서 돌아와 거실 소파에서 낮잠을 자고 있었다. 짧게 자른 머리, 아무렇게나 내뻗은 팔다리, 오른쪽 눈꼬리 바로 옆에는 상처를 빨리 낫게 해준다는 반창고.

도코는 재빨리 주방 식탁을 돌아 나와서 나쓰호에게 다가갔다. 소이치도 아내와 딸 곁으로 다가가 아주 자연스럽게 두 사람을 감싸는 자세를 취했다.

그때 덜컥, 하고 강한 진동이 느껴졌다. 소이치는 초여름에 가족끼리 근교 유원지에 놀러 갔다가 그 지역에서 역사가 제일 오래됐다는 제트코스터를 탔을 때가 떠올랐다. 도코는 "혀 깨물겠어." 하고 나쓰호는 "꼬리뼈가 아파." 하고 웃었다. 배운 지 얼마 안 된 '꼬리뼈'라는 말을 걸핏하면 쓰고 싶어 하는 모습이 우스웠다.

소이치는 더 크게 흔들릴 거라고 예상하고 온몸을 바

짝 긴장시켰다.

하지만 진동은 그걸로 끝이었다. 거실 창가에 매달아 둔 열대어 모빌이 어린아이가 마구 내두른 것처럼 흔들렸다가 점차 잠잠해졌다.

찡.

희미하게 귀울음이 들렸다. 소이치는 아내의 얼굴을 돌아봤다. 아내는 소이치의 눈을 보며 한 손으로 자기 귀를 만지더니 고개를 저었다. 모르겠어, 이건 뭐지?

그제야 어머니와 아버지 사이에서 깨어난 나쓰호가 열 살짜리 아이답지 않게 언짢은 표정을 지으며 "이상한 소리가 나." 하고 말했다.

그 이후로 단 1초도 멈추지 않는 귀울음은 대표적인 거울세계성 자각 증상의 하나로 받아들여졌지만 이제 크게 걱정하는 사람은 별로 없다. 세상 사람 모두 귀울음보다 훨씬 중대한 변화에 익숙해져야 했기 때문이다.

그것은 단순한 지진이 아니었다. 큰 진동과 함께 근본부터 뒤흔들린 것은 우리의 현실 인식 그 자체였다.

'롬블렌'의 폭발 사고로 발생한 차원의 균열 너머에는 이 세계의 평행세계가 존재했다.

거울에 비춘 것처럼 똑 닮은 세계이기에 서로가 서로의 '거울세계'로 인정한 두 세계. 존재에 선후가 있는 것은 아니지만 편의상 인식의 계기를 만든 이쪽 세계를 '제1거울세계', 평행세계를 '제2거울세계'라고 부르기로 했다.

그때부터 사람은 누구나 분신을 가지게 됐다. 제1거울세계에서 보면 제2거울세계에 있는 자신이 분신. 제2거울세계에서 보면 제1거울세계에 있는 자신이 분신이다. 각자 걸어온 길에 따라 다른 삶을 살았고 한쪽이 사망한 사례도 드물지는 않았다. 그래도 그것이 '존재한다'는 사실은 흔들리지 않는다.

다만 양쪽이 마주 대할 가능성은 극히 낮았다. '롬블렌'이 파괴되고 남은 터는 국제과학연합의 관할 아래 출입 금지 구역으로 설정돼 일반 시민은 다가갈 수조차 없기 때문이다. 이곳을 통해 두 세계를 오갈 수 있는 건 이쪽의 국제과학연합과 저쪽의 국제과학연합이 맺은 협정의 범위 내에서 허가를 받은 한 줌의 국제단체뿐…….

그건 어디까지나 표면상의 이야기다.

판박이같이 똑같은 두 세계에 내포된 시장과 자원에 군침을 흘리는 자본가도, 호기심 왕성한 보도 관계자와 모험가도, 사회가 어떤 상황이든 꼭 필요한 물자와 노하우를 매매하는 암시장의 판매자들도 차원의 균열 양쪽에 수많이 존재한다. 그 결과 '롬블렌' 터에 열몇 군데나 뚫려 있다는 '차원 홀'을 이용해 협정 외 차원 이동을 하는 사람들이 있다는 사실은 이제 공공연한 비밀이다.

양쪽 세계의 각국 정부와 국제단체도 그 사실을 잘 알기에 '식별 관리국'이라는 조직을 만들어서 운용하고 있다. 어떤 인물이 제1거울세계와 제2거울세계 중 어느 세계의 원조인지 판단하기 위한 기관이다.

하지만 소이치가 알기로 이쪽 세계의 일반 시민이 차원 홀을 통해 비밀리에 제2거울세계로 건너가려 하면 경제적으로나 사회적으로나 큰 위험을 감수해야 하므로 역시 자신의 분신을 만나기는 결코 쉽지 않다. 그런데 나쓰호는 참으로 희귀한 일에 휘말린 셈이다. 도코가 겹

먹을 만도 했다.

"나도 곧바로 갈게. 불안하겠지만 조금만 더 참고 기다려."

통화를 마친 스마트폰 화면과 소이치의 이마에 미지근한 빗방울이 떨어졌다.

거울세계 식별 관리국 중앙 섹터는 도코가 알려준 아오야마 3번지의 건물에 있는 것이 아니라 커다란 그 건물을 통째로 관리하고 있었다. 즉 중앙 섹터는 제2거울세계의 관할 구역이다. 건물 내부는 대사관처럼 치외법권이라 이쪽의 어떤 영향력도 미치지 않는다.

건물 정면 출입구, 자동 유리문 바로 안쪽에 서 있는 경비병 여러 명의 모습이 그 사실을 명확하게 드러냈다. 경비원이 아니라 군인이다. 위장 무늬가 들어간 암갈색 헬멧과 전투복을 착용했고 큼지막한 고글로 얼굴을 반넘게 가렸다.

그리고 총을 들었다. 액션 영화에 자주 나오는 AK47과 비슷한 형태의 자동 소총인데 총신이 짧다. 이쪽 세계에서는 사용이 금지된 무실탄 레이저 건이다.

소이치는 숨을 한 번 내쉬고 정면 출입구로 걸어갔다. 경비병의 헬멧 앞면, 전투복의 가슴께, 총의 멜빵 등 눈에 잘 띄는 곳에 "더 미러(THE MIRROR)"라는 흰색 글씨가 들어간 것이 보였다. 이쪽이 '제1'이고 저쪽이 '제2'라고 불리는 것에 불만을 품은 듯한 제2거울세계의 통합 외교연합은 이쪽 세계와 연관된 모든 기관의 제복에 이 표시를 사용한다. 순서가 없는 "더 미러".

다만 제2거울세계의 지구에 존재하는 모든 국가가 서로 발맞춰서 이처럼 대립각을 세우는 것은 아니다. 미국은 (알래스카가 국가로 독립했고 멕시코의 절반을 자기 영토로 삼은 것 외에는) 제1거울세계의 미국과 역사가 거의 동일하고 러시아는 구소련이 그대로 유지돼 다민족 경제 대국으로 성장했다. 제2거울세계에서는 중동도 국제 분쟁의 화약고가 아니라 독자적 문화와 종교, 신앙을 존중하는 연합국가로 자리매김했다.

예외는 이 나라, 일본뿐이다. 제2거울세계의 일본은 전형적인 전체주의 국가로 하나의 군사 정권이 80년 넘게 국민 위에 군림하는 중이다. 따라서 반정부 무장 조직의 활동도 활발해 국회의사당에 폭탄 테러가 발생하기도 한다.

무장한 경비병 옆을 지나칠 때 소이치는 고개를 꾸벅 숙였다. 볼일이 있어서 왔습니다. 저는 일반 시민입니다. 위험한 인물이 아니에요. 그런데 상대가 일부러 몸을 비틀어 소이치의 얼굴을 쳐다봤다. 경비병의 눈은 고글에 가려져서 보이지 않았다. 소이치는 등에 식은땀이 맺혔다.

뭐가 문제인데?

하지만 어깨를 살짝 움찔하자 경비병은 한 발짝 옆으로 비켜서서 길을 틔워줬다. 소이치는 재빨리 앞으로 나아갔다. 한동안 쿵쿵 뛰는 가슴이 진정되지 않았다.

자동문 안쪽의 로비는 각양각색의 사람들로 붐볐다. 양복 차림 남녀도 있고 청바지와 빛바랜 티셔츠에 샌들을 신은 젊은이도 있었다. 지팡이를 짚은 노인, 어린아이의 손을 잡은 젊은 어머니, 흰색 블라우스와 체크무늬 주름치마를 입고 옷깃에 리본을 묶은 교복 차림 여학생

色遣いのトランプ

들은 울었는지 빨개진 눈으로 겁먹은 작은 동물처럼 뭉쳐 서 있었다.

이만큼 많은 사람의 부모, 아이, 남편, 아내, 친구, 또는 교사가 여기 식별 관리국에 붙잡혀 있는 건가. 나쓰호도 그중 한 명이란 말인가. 소이치는 그 자리에서 다리가 굳어버렸다.

"무슨 일로 오셨습니까?"

바로 뒤에서 들린 목소리에 돌아보니 칠흑 같은 고글이 아주 가까이에 있었다. 아까 그 경비병과는 다른 사람이었다. 중간 키, 중간 몸집의 중년 남자인 소이치에 비해 위로도 옆으로도 덩치가 훨씬 좋았다. 짙은 수염을 꼼꼼히 면도했는지 코 밑, 입 주변, 턱선이 푸르스름했다. 푸른 수염이다.

"여, 연락을 받고 왔는데요."

겨우 대답하자 얼굴에 땀이 배어났다.

"이쪽에서 딸을 보호하고 있다고 해서……."

"2번 접수창구에 줄을 서십시오."

푸른 수염은 레이저 건에서 한 손을 떼서 허공을 획

쓰는 듯한 시늉을 했다. 튼튼한 스트랩으로 고정한 장갑은 가죽처럼 보였어도 아닐 것이다. 그 어떤 화학물질이나 절대영도에 노출돼도 조직이 손상되지 않고 용암의 열기에도 녹지 않는 특수 섬유다. 현재로서는 제2거울세계에만 존재한다. 이쪽 세계의 국제통상연합이 몇 년이나 열심히 교섭 중이지만 아직 금수 조치가 풀리지 않았고 원재료와 제조 공정도 모른다.

여기도 제2거울세계의 관할 구역에 들어가기 전에는 평범한 사무용 건물이었으니 안내 데스크, 로비용 의자와 탁자가 있었을 테고, 관엽식물과 꽃으로 장식해뒀으리라. 현재 그런 유의 비품과 장식품은 모조리 철거됐고, 텅 빈 사각형 공간 한구석에 접수창구를 1번부터 3번까지 저렴한 합성수지 칸막이로 구분해놓았다.

나란히 앉은 접수 담당자 세 명은 모두 여자인데, 피겨스케이팅 선수처럼 머리를 단정하게 세팅하고 카키색 제복을 입었다. 응대는 사무적이고 빨랐다. 웃음과 친절함은 일절 없었다.

1번 접수창구에 '식별', 2번은 '면회', 3번에는 '압수품

인도'라는 팻말이 세워져 있었다. 따라서 여기 붙잡혀 있는 딸이 걱정돼 달려온 소이치는 2번 접수창구다. 그건 이해하겠는데, 왜 이렇게 혼잡하고 혼란스러운 걸까.

대기하는 쪽에는 의자가 없기 때문이다. 줄을 정리하기 위한 유도선 같은 것도 없다. 대기 번호표도 없거니와 사람들 사이를 돌아다니며 용건을 물어보는 안내 담당도 없다. 자신이 있는 이곳의 광경이 지금까지는 뉴스 영상으로만 봤던 다른 나라의 상황, 정세가 불안한 자기 나라에서 탈출하려고 공항과 국경으로 몰려드는 무력한 난민들의 모습과 비슷하다는 걸 깨닫고 소이치는 한순간 의분이 불타올랐다. 하지만 그 불길은 금방 꺼지고 피어오르는 연기 같은 불안과 초조함만이 코끝에 남았다.

끼어들려고 하는 사람이 나타나면 막아내고 어쩔 줄 모르고 뭔가 물어보는 사람에게는 "죄송합니다만 저도 잘 몰라요. 순서를 기다리는 수밖에요." 하고 대답하고 피곤해서 쪼그려 앉은 사람은 독한 마음으로 무시하면서 한 시간 반을 기다린 후에야 소이치는 2번 접수창구 담당자의 목소리를 들을 수 있었다.

"무슨 일로 오셨습니까?"

가까이에서 보자 그 담당자는 피겨스케이팅 선수가 아니라 경력 많은 코치 같은 나이대에 걸걸하게 쉰 목소리였다.

"오늘 오후에 여기서 저희 딸의 신병을 보호했다고 들어서요. 열일곱 살 고등학생, 야스나가 나쓰호라고 합니다."

다른 거울세계 소속이라도 국가와 민족이 같으면 언어는 동일하다. '거울에 비춘 것처럼 똑 닮은 세계'이기에 '거울세계'라는 이름이 붙은 거니까. 머리로는 이해해도 외국인에게 말할 때처럼 무심코 한 글자씩 또박또박 발음했다. 야, 스, 나, 가, 나, 쓰, 호.

"안쪽 게이트를 지나 3층 대기실로 가세요. 이거 가지고요."

드디어 대기 번호표 같은 것이 나왔다. 번호는 127번이었다.

"죄송합니다만, 아내가 먼저 와 있을 텐데요……."

"그럼 그쪽 번호를 우선하십시오. 다음 분 오세요."

담당자가 말한 '안쪽 게이트'는 이 건물 엘리베이터 홀 앞에 설치된 보안 검색용 울타리였다. 소이치의 눈에는 가축을 몰아넣는 울타리로밖에 보이지 않았다. 로비 쪽으로 들어가서 간단한 미로처럼 만든 울타리를 통과해 엘리베이터 홀로 나간다. 털을 깎을 양이나 출하되는 돼지들처럼 얌전하게.

요컨대 공항에서 실시하는 보안 검색과 똑같다. 다만 무장한 경비병이 울타리 속을 지나가는 사람들의 가슴께에 레이저 건 총구를 향한 채 감시하므로 느낌이 사뭇 다르다. 사람들이 삐걱거리듯 어색하게 걸음을 옮길 때마다 엘리베이터 홀 앞에 놓인 데스크톱 컴퓨터 같은 기계에 영상이나 수치가 나타나는지 흰 가운을 입은 기술자가 딱 붙어 앉아서 모니터를 들여다보고 있었다. 사람들을 스캔하는 기계의 눈은 천장에 있을까, 바닥 아래에 설치돼 있을까. 평범하게 걸어가서는 보이지 않는다. 발을 멈추고 찬찬히 관찰할 용기가 있는 사람은 이 자리에 없었다.

군사 정권 만세! 입을 꾹 다문 채 마음속으로만 빈정

거리던 소이치는 엘리베이터를 타고 3층으로 올라갔다.
약간의 불만도 얼굴에 드러나지 않도록 산책이라도 하
듯 밝아 보이는 무표정을 유지한 채.

"늘 태평해 보이는 얼굴이네."

인생을 최대한 평온하게 살아가기 위해 그런 얼굴이
필요할 때도 있다. 나쓰호는 아직 그걸 이해하지 못한
다. 이번 일은 나쓰호가 수렁 같은 반항기에서 빠져나오
는 계기가 될까. 차원 저편 또 하나의 조국을 무력으로
점령한 전체주의의 비정함에, 그 뒤숭숭한 분위기에 나
쓰호는 지금 겁먹고 있을까.

엘리베이터 문이 열리자 희미한 냉기가 느껴졌다. 여
기는 공조 설비가 가동 중인 모양이었다. 홀 정면에 불
을 밝게 켠 방이 보였고 안쪽에 또 접수창구가 있었다.
3층에는 합성수지로 만든 패브릭 벤치가 놓여 있었다.
한눈에 벤치가 몇 줄인지 확인할 수 있을 만큼은 비어
있었고 제일 앞줄 벤치 위에 화장실 안내판이 달려 있
었다.

"여보."

방 출입구 바로 옆에서 기다리고 있던 도코가 달려왔다. 줄무늬가 있는 여름 셔츠에 치노바지, 백벨트 샌들.

"아직 면회를 못 해."

말을 꺼내자 도코의 관자놀이에서 땀이, 왼쪽 눈꼬리에서는 눈물이 한 줄기 흘러내렸다. 소이치는 아내의 손을 잡았다. 촉촉하고 따뜻한 손. 도코의 손은 언제나 따뜻하다. 한겨울에는 손난로를 대신할 수 있을 정도다.

"마음이 차가운 사람은 손이 따뜻해. 난 냉혈인간이니까 손이 따끈따끈한 거지."

도코가 그런 농담을 하는 사람은 20년 가까이 부부로 살아온 소이치뿐이다. 어떤 상황에서도 기본적으로는 나서지 않고 잠자코 있기를 선택하는 내향적인 여성. 하지만 그 마음도 손처럼 따뜻하다는 걸 소이치는 누구보다도 잘 안다.

"늦어서 미안해." 소이치는 아내의 어깨를 끌어안고 작은 목소리로 말했다. "그냥 너무 붐벼서 그렇겠지. 봐, 접수창구 앞에 대기 번호를 표시해놨잖아."

놀랍게도 손으로 번호판을 넘겨서 표시하는 방식으

로, 지금은 45번이었다.

"아직도 저런 걸 쓰다니 제2거울세계의 일본은 쇼와[*]
시대나 다름없나 보네."

소이치는 일부러 장난스럽게 말했지만, 도코의 굳은
뺨은 풀리지 않았다.

"41번에서 45번이 되기까지 두 시간쯤 걸렸어."

도코가 쥐고 있는 대기 번호표는 68번이었다. 127번
보다는 훨씬 낫다.

"아무튼 앉아서 기다리자. 마실 거라도 좀 사 올까?"

말하고 나서야 음료수 자판기는커녕 냉온수기조차 없
다는 사실을 알아차렸다. 오랜 시간 기다려야 하는 사람
들의 생리적 욕구에 부응하기 위한 설비는 화장실뿐인
듯했다. 군사 정권 만세!

"난 괜찮아. 당신은 피곤해 보이네. 안색도 안 좋고, 눈
이 빨개."

"오늘 아침에 오차노미즈의 현장에서 사고가 났거든.

---

[*]   1926~1989년까지 일본에서 사용한 연호

그 뒤처리를 하다가 먼지가 눈에 들어간 거겠지."

'롬블렌'은 대폭발로 지상에서 사라진 지 스물다섯 시간이 지난 후부터 약 일흔아홉 시간에 걸쳐서 제1거울세계에 내려앉았다. 양자 가속기 본체, 양자 가속기를 설치한 구조물, 내부에 있었던 사람, 그들이 입었던 옷, 그들의 휴게소에 있었던 커피 메이커까지 모조리 뒤섞인 흰색 초미세 먼지가 말 그대로 하늘에서 땅으로 떨어져 내린 것이다. 당시 날씨와 지리적 조건에 따라 농도에 다소 차이는 있었지만 북반구에서는 거의 모든 국가와 지역에서 이 현상이 관측됐다.

사람들은 이것을 '롬블렌의 눈'이라고 불렀다. 실제로 눈처럼 차가운 순백색 분진이었다. 게릴라 호우처럼 국지적으로 단시간에 쏟아진 이 흰색 분진에 닿은 물체는 유기물과 무기물을 가리지 않고 결정 형태의 반투명한 광물로 변했다.

제1거울세계의 일본에서는 마흔아홉 군데가 이 분진으로 인한 피해를 입었다. 도쿄 도내에서는 열여섯 군데, 가야바초의 옛 도쿄 증권 거래소, JR 옛 오차노미즈역 주변, 이노카시라 공원 일대, 하치오지시 교외, 지치부 연산 남동부 등에 분진이 많이 떨어졌으며 피해 규모도 심각했다. 소실 또는 부분적으로 소실돼 망가진 건물의 총면적은 일찍이 동일본을 덮친 지진과 해일로 파괴된 건물의 총면적을 크게 웃돌았다. 인적 피해도 마찬가지로 '소실'이라는 기이한 현상이 발생한 탓에 7년이 지난 지금도 사상자 숫자를 정확히 확정하지 못했다.

소이치는 근무하던 건축회사가 느닷없이 찾아온 '거울세계의 시대'라는 큰 물결을 넘지 못하고 폭발 사고가 발생한 지 1년 후에 정리해고에 나선 것을 계기로 분진 피해지의 발굴과 발굴물의 수복을 전문적으로 다루는 민관 합작 단체로 이직했다. 피해 지역에서 가장 먼저 찾아내야 할 것은 시신이고 그다음은 유품이다. 간유리 같은 광물로 변했다고는 해도 섬세한 배려가 필요한 작업이다. 소이치 같은 토목건축 관련 종사자는 많이 응모하지 않았으므로 이력서가 저쪽에 도착한 그날 바로 채용이 결정됐다.

그 후로 매일 열심히 일하고 있다. 위에서 지시하는

色違いのトランプ

대로 현장을 이곳저곳 돌아다녔지만 지금 작업 중인 옛 오차노미즈역 주변 현장에 제일 오래 머무르고 있다. 7년 간 시신 발굴과 수복(광물로 변한 시신은 대부분 박살 나거나 떨어져 나간 부분이 있기 때문이다)은 끝났고 지금은 오로지 기계류만 파내고 있다. 기계도 피해 양상을 분석해 광물화 과정을 거꾸로 되돌리는 방법을 찾아내기 위한 연구 재료로 활용되므로 세심한 주의를 기울여서 다뤄야 한다.

'롬블렌의 눈'은 당시 일흔아홉 시간 내린 것을 끝으로 다시는 내리지 않았으므로 똑같은 재해가 또 발생한 적은 없다. 하지만 발굴 현장에서는 대량의 미세 먼지가 발생한다. 이 또한 인체에 유해하므로 발굴 작업원은 장비를 잔뜩 착용하고 일한다. 다만 그들이 행동하기 쉽도록 현장을 정비하고 필요할 때는 발굴 대상이 아닌 물체를 부숴서 중장비로 이동시키는 등 보조 작업을 하는 사람들에게는 그렇게까지 철저한 장비가 제공되지 않는다. 따라서 소이치도 눈이 약간 충혈되거나 손등이나 손가락에 살짝 동상을 입는 것 정도는 일일이 신경 쓰지 않았다.

　그래도 아내가 걱정해주는 건 기뻤다. 두 사람은 딱딱한 패브릭 벤치에 나란히 앉아 손을 맞잡은 채 쇼와시대의 유물 같은 번호판이 넘어가는 모습을 지켜봤다.

　소이치와 도코 둘 다 아이를 좋아해 결혼하면 셋은 낳자는 꿈을 가졌다. 가능하다면 남자아이 둘에 여자아이 하나.

　아쉽게도 그 꿈은 이뤄지지 않아서 나쓰호는 외동딸이 됐다. 부부는 그런 나쓰호를 금이야 옥이야 키웠다.

　건강한 아이였다. 잔병치레 한번 한 적이 없었다. 어릴 적부터 웬만한 남자아이들보다 활발하고 겁이 없었던 탓에 자잘한 상처를 늘 달고 지냈다. 그러고 보니 '롬블렌'이 폭발한 그날, 나쓰호가 오른쪽 눈꼬리 옆에 반창고를 붙였던 건 며칠 전 수영 교실에서 말썽쟁이와 싸웠기 때문이다. 상대는 나쓰호보다 덩치가 큰 같은 학년 남자아이였다. 부하를 두 명 데리고 다니며 얌전한 여자아이나 심약한 남자아이들을 괴롭히는 것으로 악평이

난 녀석이었다.

이 녀석들이 수영장에서 나쓰호와 친한 친구들의 수영복을 벗기려 하자 나쓰호는 큰소리를 지르며 말리러 나섰다. 그러자 말썽쟁이는 물안경을 휘둘러서 나쓰호의 얼굴을 때렸다. 물안경 벨트에 달린 철사 부분에 긁혀서 나쓰호의 부드러운 눈꼬리 피부가 찢어졌다.

나쓰호는 주먹을 꽉 움켜쥐고 반격했다. 혼신의 힘을 다한 펀치였다. 말썽쟁이는 뒤로 벌렁 자빠져서 기절했다. 부하들도 완전히 기가 죽었다. 나쓰호의 눈꼬리에서 흐른 피가 메마른 콘크리트 바닥에 튀었다.

도코는 담임 선생님의 연락을 받고 급히 학교로 향했다. 의식을 되찾은 말썽쟁이는 보건실에서 훌쩍훌쩍 울고 있었다. 나쓰호는 보건 선생님이 붙여준 전사의 증표라며 의기양양하게 반창고를 보여줬다. 그 부모에 그 자식이라고 말썽쟁이의 부모도 말썽쟁이와 비슷한 유형이라 일을 마무리하기가 쉽지 않을 것 같았다. 하지만 자기가 먼저 나쓰호의 눈을 노리고 물안경을 휘둘렀는데 "걔의 눈알을 터뜨리지 못해서 화가 나." 하고 말썽쟁이가 흥분하며 떠들어준 덕분에 이쪽이 유리해졌다.

나쓰호의 눈꼬리에는 사라지지 않는 작은 흉터가 남았고 말썽쟁이의 권위는 땅에 떨어졌다. 수영장에서 기절한 것도 모자라 오줌을 지린 것이 결정타였던 모양이다. 꼴 좋다고 소이치는 속으로 생각했다. 도코는 평소처럼 말없이 빙긋빙긋 웃었다. "몇 번이든 똑같이 할 거야." 하고 반 아이들 앞에서 선언한 나쓰호는 방과 후에 혼자 남아 반성문을 썼다.

나쓰호는 당차고 용감한 성격을 타고났다. 약한 사람을 괴롭히는 짓과 부정한 행위를 질색하는 한편, 거기에 대항하려면 의지만으로는 위험하다는 걸 깨달을 만큼 총명했다. 중학생이 된 후로는 운동부에 들어가서 몸을 단련했다. 공부는 중간보다 조금 윗줄이었는데, 친구가 많고 선생님들에게도 신망을 얻어서 학교생활은 즐거운 듯했다.

고교 입시 때는 '자기 성적으로도 재미있게 지낼 수 있는 학교'를 지망해 멋지게 합격했다. 정보공학의 기초를 가르치는 학과목이 있고 경음학부 활동이 왕성한 곳이었다. 나쓰호는 스네어 드럼을 치기 시작했고 초급 프로그래밍을 배웠으며 학생에게 할인을 해주는 피트니스 클럽에 등록해 근력 운동에도 힘썼다.

활발하고 머리 회전이 빠르고 지고는 못 사는 성격에 행동력도 있다. 소이치와 도코는 자신들의 유전자 중 어느 부분을 물려받아 이렇게 강인하고 야무진 딸이 태어났을까 몇 번이나 감탄했다. 때로는 어이없어하며 쓴웃음을 짓기도 했다. 나쓰호가 그딴 녀석은 절대로 용서할 수 없다며 본때를 보여준 적이 있다. 아이와 아이의 부모에게 사과하러 다녀온 후에 부부끼리 몰래 나쓰호를 대견해한 적도 있었다. 확실히 좀 심하긴 했어도 나쓰호는 올바른 일을 했다며.

모든 방면에서 소이치는 이렇게 강인하지 않았다. 모든 방면에서 도코는 이렇게 야무지지 않았다. 나쓰호는 솔개 사이에서 기적적으로 태어난 매였다.

그래도 두 사람은 나쓰호의 부모다. 언제 어느 때나 딸을 사랑했고 자랑으로 여겨왔다. 그 마음에는 한 치의 거짓도 없었다.

하지만 나쓰호가 중학교 2학년으로 올라갔을 무렵, 과단성 있고 여러모로 강한 딸은 반항기치고는 오히려 늦은 시기에 자신의 부모를 싫어하기 시작했다. 그저 몹시 싫어하는 정도가 아니었다.

"아버지, 어머니 그런 걸 뭐라고 하는지 알아? 겁쟁이의 무사안일주의라고 하는 거야."

"왜 나 때문에 사과하는 건데? 왜 나랑 같이 화를 내주지 않는 거냐고!"

이렇듯 경멸과 환멸이 뒤섞였다는 것이 양쪽 모두에게 불행의 시작이었다.

대기 번호판이 60번으로 넘어갔을 때 양복 차림 중년 남자가 접수창구 뒤쪽 방화문을 열고 나와서 소이치와 도코의 이름을 불렀다.

"오래 기다리게 해서 죄송합니다. 야스나가 나쓰호 씨의 부모님이시죠? 이제 따님을 면회할 수 있습니다. 다만 아시다시피 두 세계를 이동하는 일일 인원수에는 제한이 있으므로 두 분 중 한 분만 가셔야겠습니다."

스물네 시간 이내에 제1거울세계와 제2거울세계를 오갈 수 있는 인원수는 제한돼 있다. 어디까지나 국제 협정으로 정해진 공식 경로를 사용할 때의 이야기다.

"제한이라니……."

피곤해서 그런지 도코는 머리가 잘 돌아가지 않는 듯했다. 놀라야 할 점은 그게 아닌데.

소이치는 양복 차림 남자에게 물었다. "이제 딸을 만날 수 있다는 건, 북극권까지 가지 않아도 여기서 제2거울세계로 넘어갈 수 있다는 뜻이죠?"

여기 식별 관리국 건물에 차원 홀이나 그와 동일한 작용을 하는 '통로'가 존재한다는 뜻이다. 지금까지 그런 사실이 공식 발표된 적은 없다. 역시 여기가 치외법권이기 때문이리라.

양복 차림 남자는 소이치의 질문에 대답하지 않았다. 눈을 살짝 크게 뜨고 소이치와 도코의 얼굴을 빤히 쳐다봤을 뿐이다. 그보다 어떻게 할 겁니까? 따님을 만날 겁니까, 아니면 만나지 않아도 돼요?

"……여보." 도코는 당혹스러운 표정이었다. "북극권?

그런 곳까지 가야 하는 거야?"

"아니, 그럴 필요 없어."

소이치는 상냥하게 알려줬다. "다만, 나쓰호는 제2거울세계에 있어."

분명 보호하자마자 이송했으리라. 저쪽 나쓰호가 이쪽으로 오기 전에 이쪽 나쓰호를 저쪽에서 확보한 것이다.

"그러니까 면회하려면 우리도 제2거울세계로 넘어가야 해. 하지만 인원수에 제한이 있으니까 둘이 같이 가지는 못하고. 아쉽지만 규정이 그래."

소이치가 순종적인 태도로 나오자 양복 가슴께에 식별 관리국 교섭 담당 ID가 달린 중년 남자는 눈썹을 천천히 치켜세웠다. 마치 질 나쁜 개그라도 들었다는 듯이.

어라, 이 눈빛은 뭘까. 소이치는 딱히 웃음을 살 만한 발언은 하지 않았다.

"나쓰호는 언제쯤 집에 돌아올 수 있습니까?"

"그건 저쪽에 가서 담당자에게 물어보십시오."

"식사와 물은 제공되고 있나요? 이쪽에서 뭔가 가져갈 수는 없고요?"

도코가 떨리는 목소리로 묻자 담당자는 차가운 눈으로 힐끗 쳐다봤다. "그것도 저쪽에서 상담하십시오. 이쪽에서는 뭐라고도 대답할 수 없으니까요."

"알겠습니다. 도코, 내가 다녀올게."

소이치는 아내의 눈을 들여다보고 달래듯이 고개를 끄덕였다. 걱정거리나 문제가 생겼을 때는 늘 이런 식으로 아내를 다독였다. 알았어, 당신한테 맡길게.

하지만 오늘 도코는 다른 사람이었다.

"내가 갈 거야."

이를 악물고 다리에 힘을 주어 소이치를 밀어내려고 했다.

"제가 갈게요. 어머니니까요."

교섭 담당자인 중년 남자의 눈빛이 더 차가워졌다. 흥미도 없고 시간도 없고 그 사실을 감출 필요도 없다는 듯이.

"차원 이동은 나름대로 위험한 일이야. 내가 다녀올게." 소이치는 얼른 담당자에게 말했다.

"제가 가겠습니다."

"그럼 야스나가 소이치 씨, 이쪽으로 오시죠."

담당자는 이미 몸을 돌렸다. 소이치는 양손으로 아내의 어깨를 밀어내고 웃음을 지었다. "면회 잘하고 올게. 어쩌면 나쓰호랑 함께 돌아올 절차를 밟기 위해 나도 저쪽에서 기다려야 할지도 모르겠네. 그러니까 당신은 일단 집에."

"싫어. 여기서 기다릴 거야."

소이치의 말이 끝나기도 전에 도코가 끼어들었다. 그리고 소이치의 팔을 꽉 잡았다.

"꼭 함께 돌아와. 나쓰호를 데리고 돌아오겠다고 약속해."

얇은 재킷 위로 아내의 손톱이 살을 파고드는 것이 느껴져서 소이치는 놀랐다. 많이 걱정되고 혼란스러운 건 이해돼도 이렇게 격한 감정을 내보이다니 도코답지 않았다.

"뭔가 이유가 있는 걸까?"

말을 꺼내기 직전에 꿀꺽 삼켰다. 이유라면 당연히 있다.

소이치가 마지막으로 나쓰호의 얼굴을 제대로 보고 이야기한 지 대체 얼마나 됐을까. 석 달? 아니, 더 오래 됐다. 반년으로도 모자랄 정도다.

소이치는 딸을 피했고 나쓰호는 아버지를 피했다. 서로 관여하지 않음으로써 자기 자신을 지키고 둘 사이에 끼어서 고생하는 도코를 배려한다는 핑계로. 그런 아버지가 이런 상황에서 면회하러 간들 딸이 기뻐할까. 안심할까. 도코는 그게 걱정인 것이다.

"꼭 데려올게."

소이치는 아내의 손을 천천히 떼어내며 말했다.

"나쓰호는 내 딸이니까. 목숨보다 소중한 내 자식이니까."

첫 번째 방에서 소지품 검사를 받고, 거기 설치된 엑스선 검사기 같은 기계를 들여다보고 사진을 촬영한 후 (마치 안저 검사 같았다) 금속 탐지기 같은 아치문을 통과했다. 교섭 담당자와는 거기서 헤어졌고 소이치 혼자 기밀식 문 너머로 나아갔다.

압착 공기가 빠져나가는 소리와 함께 문이 위아래로 열리자 새하얀 형광등 불빛으로 가득한 작은 사각형 방이 나왔다. 반대편 벽에도 기밀식 문이 있었다. 그 외에는 비품이고 기기고 아무것도 없었다. 매끈매끈한 천장, 벽, 바닥에 형광등 불빛이 반사돼 사방이 하얗게 빛났다.

소이치가 다가가자 앞쪽의 기밀식 문이 쉭 하는 소리와 함께 자동으로 열리고 소이치가 지나가자 바로 닫혔다. 또 아까와 똑같이 생긴 작은 흰색 방이 나타났다. 이러한 과정이 수없이 반복됐다. 소이치는 한동안 숫자를 헤아리다 스물이 넘어가자 더럭 겁이 나서 헤아리기를 그만뒀다. 혹시 제2거울세계로 넘어가는 데 실패해 차원 사이의 통로를 맴돌고 있는 것 아닐까.

누군지 모를 담당자라도 불러야 할까. 벽을 향해? 아니면 천장에? 눈 속 깊은 곳까지 비치는 새하얀 형광등 불빛 때문에 위아래가 어디인지 모를 지경이었다.

쉭.

느닷없이 아까 소지품 검사를 받았던 방과 똑같이 생

긴 방으로 나왔다.

"야스나가 소이치 씨?"

경찰관 같은 제복을 입은 청년이 ID카드를 들고 다가 왔다.

"이걸 가슴에 다세요. 야스나가 나쓰호 씨는 이 앞에 있습니다."

제2거울세계로 넘어왔나? 한순간 머리가 어질어질 했다.

"저기, 여기는……."

"정확한 장소는 알려드릴 수 없지만 명칭은 공안국 건 물입니다."

공안국? 식별 관리국이 아니라?

"제, 제2거울세계죠?"

"제1거울세계의 일본에는 국가 공안 보전국이라는 조 직이 존재하지 않는 걸로 압니다만. 기분은 어떠십니까? 그럼 가시죠."

뒷머리를 깔끔하게 쳐올린 짧은 헤어스타일의 제복 경관은 앞장서서 방을 나서서 복잡한 통로를 망설임 없이 나아갔다. 중앙 섹터에 있던 교섭 담당자보다는 꽤 친절한 느낌이었다.

"딸의 신병은 식별국에서 보호했을 텐데, 왜 공안국에 있는 건가요?"

가끔 사람과 마주쳤다. 다들 경찰관 같은 제복 차림이었고 연령층은 다양했다. 그들은 소이치를 안내하는 제복 경관과 재빨리 경례를 나눴다.

천장이 높은 복도는 아주 길었고 기가 찰 만큼 방이 많았다. 공안국은 분명 대규모 조직이리라.

"따님이 제1거울세계의 야스나가 나쓰호가 확실한지, 대질 방식으로 식별 테스트를 하기 위해서입니다."

제복 경관은 선선히 대답한 후 가벼운 발걸음으로 계단을 올라갔다. 뒤따라가는 소이치는 바로 숨이 찼다.

"대, 대질이라니요?"

"이번 테러에 관여한 혐의가 있는 반정부 조직의 멤버를 몇 명 체포했습니다. 그들과 대질시켜 나쓰호 씨의 반응을 확인했죠."

소이치의 걸음걸이가 흐트러지자 제복 경관은 뒤를

힐끗 돌아보고 시원스럽게 웃었다.

"거짓말 탐지기로 조사했을 뿐입니다. 뭐, 기억이 수정됐는지는 뇌파 스크리닝으로 간단히 알아낼 수 있고요. 아무튼 그렇게 걱정하지 않으셔도 됩니다. 반정부 조직 멤버 중 따님이 아는 사람은 하나도 없었거든요. 즉, 제1거울세계의 나쓰호 씨가 분명해요."

겨우 계단이 끝나고 평평한 복도가 나왔다. 이마의 땀을 닦은 소이치는 상황에 맞지 않는 데다 긴장감이 모자란게 아닌가 싶었지만 문득 웃음을 지었다. 뇌파 스크리닝이라고? 그렇게 희한한 기술이 있는데도 결국은 대질이라는 구시대적 방식에 의존(이 녀석이 네 동료야? 얼굴을 똑바로 봐!)하는 이쪽 군사 정권은 180도 회전해서 옛날 로그로 되돌아간 것 아닐까.

"고생 많으셨습니다. 멀었죠? 저희 건물은 너무 넓다는 게 단점이에요."

마지막 모퉁이를 돌자 앞쪽이 막힌 짧은 복도가 나왔다. '1011', '1012', '1013', '1014'. 방 번호판이 달린 문이 좌우에 두 개씩 보였다. 제복 경관은 '1012'호실 문을 두드리고 목소리를 높였다.

　"면회자 들어갑니다."

　뱃전처럼 동그란 창문이 있는 허름한 나무문이었다. 문고리는 유리였다. 소이치는 옛날에 다녔던 공업고등학교가 생각났다.

　문이 열리자 약 세 평 크기의 작은 방 한복판에 설치된 치과 진료용 의자와 의료기기 같은 물체가 눈에 들어왔다. 그리고 의자에는 해바라기 빛깔의 민소매 블라우스에 면바지 차림의 나쓰호가 앉아 있었다. 가느다란 코드가 수없이 접속된 헤드밴드를 꼈고 좌우 손목에도 벨트가 감겨 있었다. 상반신도 벨트로 고정됐고 발판이 조금 올라와 있었다.

　의자 바로 옆에 흰 가운 차림의 여자가 서 있었다. 클립보드와 펜을 들고서 나쓰호와 뭔가 이야기를 나누는 중이었다. 두 사람의 표정은 부드러웠고 흰 가운 차림 여자의 입가에는 웃음기마저 살짝 맺혀 있었다.

　"아버지."

　나쓰호가 이쪽으로 눈을 돌리고 작게 말했다. 헤드밴

드에 달린 코드 한 줄이 오른쪽 눈 위를 가로질렀다. 그 눈꼬리에는 7년 전 여름, 말썽쟁이와 싸워서 승리한 증거인 흉터가 남아 있었다.

소이치는 0.1초쯤 정신이 아득해졌다. 참으로 오랜만에 나쓰호에게 아버지라는 말을 들었다. 핀홀카메라로 바라보는 것처럼 현실이 작게 줄어들었고 나쓰호의 얼굴만 제외하고 모든 것이 캄캄해졌다.

얼굴 윤곽은 도코를 닮았다. 눈매는 소이치를 닮았다는 말을 어렸을 적부터 자주 들었다. 최근에 머리를 짧게 잘랐다고 도코에게 들었다. 잘 어울린다는 말도. 아아, 정말이다. 잘 어울린다.

"면회하러 오신 야스나가 소이치 씨입니다."

제복 경관의 말에 흰 가운을 입은 여자가 싹싹하게 웃음을 지었다. "마침 잘됐네요. 테스트는 다 끝났어요."

"감사합니다."

나쓰호가 말했다. 우리 딸 목소리다. 예의 바른 아이. 현실감이 급속도로 회복되자 이 자리에 펼쳐진 심상치 않은 광경이 전부 소이치의 눈에 들어왔다.

여기는 분명 대질용 방이다. 나쓰호가 앉은 의자 맞은 편에 커다란 유리창이 있었고 그 너머로 용의자가 보였다. 테스트가 끝났지만 용의자는 여전히 남아 있었다.

분명 자기 힘으로는 일어서지도 못할 지경이리라. 접의자에 묶인 용의자는 머리를 제대로 가누지 못했고 검푸르게 부은 얼굴은 말라붙은 피로 더러웠다. 얼굴이 이래서야 설령 친구라도 못 알아보지 않을까.

젊은이다. 여기까지 안내해준 제복 경관과 비슷한 나이 아닐까. 상반신을 가린 러닝셔츠 역시 피와 땀으로 얼룩덜룩했다. 밑에는 카키색 바지를 입었고 발은 맨발이었다. 뭘 어쨌기에 저렇게 됐는지 상상도 하기 싫을 만큼 좌우 발끝이 피투성이였다.

"아, 죄송해요."

소이치의 시선과 표정을 알아차리고 흰 가운을 입은 여자가 허둥지둥 곁에 있는 기기를 조작했다. 건너편 방의 불이 꺼지자 검푸르게 부어오른 젊은이의 얼굴은 더 이상 보이지 않았다. 그래도 어둠 속 실루엣은 보였다. 반쯤 죽어가는 젊은이의 실루엣.

"여기는 다음 사람의 테스트에 사용해야 하니까 경비부 소회의실로 이동하라고 아까 지시가 내려졌어."

흰 가운 차림 여자가 제복 경관에게 말했다. 제복 경관은 흰 가운 차림 여자에게 얼굴을 가까이 대고서 뭐라고 빠르게 속삭였다. 흰 가운 차림 여자의 아몬드 모양 눈이 확 커졌고, 두 사람은 작게 웃었다. 제복 경관의 눈에서 방금까지는 느껴지지 않았던 구경꾼 같은 눈빛이 느껴졌다.

"아아, *이쪽과*는 많이 다르네."

흰 가운 차림 여자가 목소리를 낮춰서 말했다. 제복 경관은 웃음을 참으며 아무렇지도 않은 척했다. 둘 다 소이치의 얼굴을 힐끔거렸다. 외부인에게는 들려주고 싶지 않은, 자기들끼리 통하는 농담?

뭐든지 상관없다. 문제는 유리창 너머에 가득한 어둠이다. 피로 물든 발끝은 아직 저기 있다. 그저 보이지 않을 뿐.

나쓰호가 소이치에게 고개를 돌렸다. 딸의 얼굴은 혈색이 좋지 못했고 뺨에는 눈물을 흘린 자국이 있었다. 아

책이 다른 트럼프 카드

(173)

는 사이가 아니더라도, 동료나 친구가 아니더라도, 체포
돼서 고문당하다가 대질을 위해 끌려 나온 젊은이를 보
고서 열일곱 살 먹은 소녀가 아무렇지도 않을 리 없다.

소이치의 몸속에서 피가 역류했다.

나쓰호, 이런 곳에서 얼른 나가자. 집으로 돌아가자.
아버지는 널 데리고 돌아갈 거야. 어떤 것과도 싸울게.
뭐랑 맞붙어도 상관없어. 널 엄마한테 데리고 갈 거야.

군사 정권은 엿이나 먹으라지.

"발밑 조심하렴."

흰 가운을 입은 여자가 의자에서 내려오려는 나쓰호
에게 손을 뻗었다.

여자 바로 뒤에 이동식 링거 스탠드 같은 것이 있었
다. 클립이 달린 코드 몇 줄을 동그랗게 뭉쳐서 걸어놨
을 뿐, 무서운 물건처럼 보이지는 않았다.

그 링거 스탠드의 봉을 따라서 빛줄기가 내달렸다. 처
음에는 빛의 점 하나만 덩그러니. 그 점이 선으로 변하
며 점점 아래로 뻗어나갔다. 이제는 90도 꺾여서 가로줄
이 됐다.

의자에서 내려온 나쓰호가 옷차림을 정돈했다. 흰 가운 차림 여자가 제복 경관에게 클립보드를 보여주며 둘이서 또 뭔가 이야기를 나눴다.

빛줄기가 다시 위로 향했다. 소이치는 빛줄기가 형태를 이루려 한다는 사실을 깨달았다. 사람 한 명이 몸을 구부리고 통과할 수 있을 크기의 직사각형이다.

빛줄기가 멈추고 직사각형이 완성됐다.

"야스나가 씨, 가시……"

죠, 하고 말을 끝맺기 전에 제복 경관은 이상한 사태가 발생했다는 걸 알아차렸다. 소이치는 숨을 멈췄다. 빛이 허공에 그려낸 직사각형이 사라지고 그 직사각형 안쪽에서 다른 빛이 튀었다.

붕, 붕, 붕. 소이치는 난생처음 레이저 건이 발사되는 소리를 들었다. 세 발 중 두 발은 제복 경관의 오른쪽 어깨와 오른쪽 팔꿈치에 명중했고 한 발은 흰 가운 차림 여자의 왼쪽 어깨에 맞았다.

레이저 건의 위력에 두 사람은 벽까지 날아가서 기절했다. 그와 동시에 직사각형 공간 안쪽에서 투박한 안전화를 신은 발이 나왔다.

소이치는 꿈속에서 헤엄치는 것처럼 몸이 말을 듣지 않아 답답함을 느끼면서도 멍하니 서 있는 나쓰호를 끌어안았다. 나쓰호의 뺨에도 블라우스 가슴께에도 피가 튀었다.

투박한 안전화를 신은 사람은 레이저 건을 두 손으로 들고 있어서인지 고개를 홱 흔들어서 걸리적거리는 앞머리를 털어냈다. 부분 염색으로 파란색 형광 줄무늬를 넣은 검은색 단발머리. 옷차림은 카키색 재킷과 카고바지. 재킷은 오래 입어서 낡았는지 옷깃과 팔꿈치 부분이 부옇게 닳았다. 카고바지에는 페인트인지 기름 얼룩인지가 군데군데 묻어 있었다.

헤어스타일도 복장도 다르고 무엇보다 레이저 건과 안전화가 다르다. 그렇지만 나쓰호였다. 이쪽 역시 나쓰호였다. 그 증거로 그 소녀는 휘둥그레진 눈으로 소이치를 보고 이렇게 외쳤다.

"어, 뭐야? 왜 아빠가 여기 있어?"

〇

미안해, 아빠.

중학생이 됐을 때 이제부터는 아빠, 엄마라고 부르지 않기로 했잖아. 하지만 그때는 입에서 불쑥 튀어나왔어. 너무 놀라서 한순간 어린아이로 되돌아간 걸까.

이쪽 아버지는 다른 멤버들처럼 '파더'라고 부르는데 내가 가끔 '아버지'라고 부르면 파더도 기뻐해.

난 제1거울세계의 원조 나쓰호야. 하지만 앞으로 다가올 미래는 제2거울세계의 나쓰호로 살아가려고 해.

제2거울세계에 있는 내 아버지는 반정부 조직의 유력 간부지. 조직의 창립 멤버 중 한 명인 데다 나이도 제일 많아서 '파더'라는 별명이 붙었어. 어머니도 멤버였는데 자폭 테러로 돌아가셨고. 2년 전, 두 명의 나쓰호가 열다섯 살 생일을 맞기 전날, 폭발물을 실은 트럭을 몰고 국군 참모본부로 돌진했지. 난 조금…… 아주 조금이지만 그 일로는 어머니를 동정해. '파더'의 아내이자 가장 충실한 동지라는 입장이라 달아날 길이 없었거든. 하지만

모르지. 실은 어머니가 진심으로 열렬한 의지를 품고서
돌진했을 수도 있으니까.

어머니는 딸 나쓰호를 자신의 후계자로 삼아달라는
유언을 남겼어. '파더'의 아내이자 '파더'의 피를 물려받
은 아이를 낳은 동지로서는 당연히 그렇게 바랄 만도
해. 하지만 제2거울세계의 원조 나쓰호는 심약한 아이
라 전혀 도움이 안 돼.

무장 투쟁을 벌이는 활동가 사이에서 왜 그런 딸이 태
어난 걸까. 어쩌면 아이러니한 운명?

투사 기질을 타고난 제1거울세계의 나쓰호가 욕심 없
는 직장인이자 양처럼 얌전한 아버지와 어머니 사이에
서 태어난 것처럼?

어쩌면 우리는 잘못된 장소에 태어난 건지도 몰라. 서
로 바꾸는 편이 나을 수도 있겠지.

기억나? 내가 어렸을 때 아버지가 카드 마술에 심취
한 적 있었잖아. 바이시클이라고, 프로 마술사도 사용하
는 트럼프 카드를 사놓고 열심히 연습해서 보여줬지. 일
이 바빠지자 자연스레 마술에서 멀어졌고 손때 묻은 트

럼프 카드만 남았어. 난 그걸로 친구들과 도둑 잡기나 도미노를 했더랬지.

그 트럼프 카드, 그림은 전부 똑같은데 색깔만은 여러 종류였지. 아빠가 사용했던 트럼프 카드에서 지저분해진 걸 빼내고 깨끗한 것만 모아서 한 세트를 만들었더니 그림은 똑같고 색만 다른 카드가 몇 장 있어서 게임이 제대로 안 되더라고. 참 웃겼는데.

제1거울세계의 나와 제2거울세계의 나쓰호도 색이 다른 그 트럼프 카드 같은 존재가 아니었을까 싶어. 자신이 태어난 세계에서 살아가는 수많은 사람과 그림은 똑같지. 하지만 색이 달라서 조화가 안 돼. 주변 사람들도 그 사실을 알고 누구보다도 자기 자신이 제일 잘 알아. 얼버무리고 넘어갈 수 없을 만큼, 잔혹할 정도로 똑똑히.

그래서 난 본래 있어야 할 트럼프 카드 속으로 돌아가기로 했어.

저쪽 나쓰호도 그래야 한다고 생각했고.

아내를 잃은 제2거울세계의 파더는 제2거울세계에

있는 나쓰호의 패기 없는 모습에 낙담해 제1거울세계의
나를 찾기 시작했어.

"어느 쪽 거울세계에 있든 내 딸이야."

그리고 파더도 알아차렸지. 이쪽에 있는 나야말로 파
더의 진정한 딸이 될 자격이 있다는 걸. 죽은 아내의 유
언에 따라 후계자가 될 능력과 패기를 갖추고 있다는 걸.

난 고등학교 입학을 앞둔 봄방학 때 포섭됐는데 그때
저쪽의 나쓰호도 이쪽으로 넘어왔었어. 걔는 반정부 조
직 유력 간부의 딸이 아니라 평화로운 세계에서 평범한
직장인의 딸로 살고 싶어 했지. 수요와 공급이 일치한
셈이야.

훈련 기간이 필요했으니까 저쪽 나쓰호와 완전히 자리
를 바꾼 건 올해 생일부터야. 아버지, 생일 선물은 미리
준비해뒀지만 내가 깨어 있는 시간에 들어오지 않았지.

알아. 다 내 잘못이야. 늘 심한 말만 해댔지. 최악이었어.

처음 한동안은 정말로 아버지와 어머니가 부족하게
느껴졌고 너무 평범해서 한심해 보였어. 왜 이렇게 푼수
같은 사람들이 내 부모일까 싶어서 짜증이 났지. 그래서

반항한 거고. 하지만 파더에게 포섭돼 제2거울세계로 넘어가기로 결정한 후로는 일부러 형편없이 굴었던 거야.

미움을 받고 건드리면 터지는 폭탄처럼 여겨져야 홋날을 위해 좋을 것 같았거든.

저쪽 나쓰호가 나랑 자리를 바꾸면 분명 상냥하고 얌전하고 착한 아이가 되겠지. 아버지를 존경하고 어머니와 사이좋게 지내는 이상적인 딸이 돼줄 거야. 저쪽 나쓰호는 그런 인생을 바라니까. 그러면 아버지와 어머니도 "아아, 길었던 나쓰호의 반항기가 겨우 끝났구나." 하고 받아들일 테니 다들 행복하게 살 수 있겠지.

다만 어머니에 대해서는 계산이 좀 틀렸어. 서로 완전히 자리를 바꾸기 전, 시험하는 시기에 들통났거든.

어머니가 아버지에게 잠자코 있었던 건, 두 나쓰호가 함께 간절히 빌었기 때문이야. 어머니는 잘못 없어. 어머니는 이쪽과 저쪽의 딸이 바라는 대로 인생을 살아갈 수 있도록 비밀을 지켜준 거지, 아버지를 배신한 게 아니야.

그러니까 화내지 마. 나한테는 화를 내도 어머니는 지

금까지처럼 소중히 대해줘. 그리고 제2거울세계의 나쓰호도. 정말로 겁이 많고 울보니까.

개의 오른쪽 눈꼬리에 있는 흉터는 본격적으로 자리를 바꾸기 전에 이쪽 의사가 만들어준 거야. 완전한 나로 탈바꿈하기 위해서는 꼭 필요한 흉터인 줄 알면서도 개가 울어서 애먹었지.

나처럼 특이한 구석 없이 평범한 아이야. 태어날 때부터 정상 범주를 벗어난 나는 그야말로 파더의 딸이고.

하지만 아버지.

대다수 국민이 기본적인 인권을 보장받지 못해 신음하고 군사 정권 상층부와 일부 특권 계급만 떵떵거리며 살아가는 제2거울세계의 일본은 제1거울세계의 일본이 맞이했을지도 모르는 또 하나의 모습이야.

제1거울세계의 일본에 존재하는 자유와 평등을 제2거울세계도 누려야 해.

어느 쪽 일본이든 내 조국이기는 마찬가지니까.

그래서 난 싸우기로 결심했어.

주먹을 움켜쥐고 혼신의 힘을 다해 펀치를 날리는 거

지. 언젠가 제2거울세계의 일본이 해방될 때까지.

그리고 언젠가 아버지와 어머니가 날 자랑스럽게 생각해주면 좋겠어.

미안해, 아빠. 아빠는 참 어감이 좋은 말이네. 이제 다시는 그렇게 부를 일이 없다는 게 좀 아쉽지만.

잘 지내.

○

파더 야스나가의 충실한 부하인 야스나가 나쓰호는 체포돼서 감금된 동료를 구출하기 위해 휴대용 차원 홀 생성 장치와 레이저 건을 들고 고작 다섯 명으로 공안국을 급습해 목적을 달성하고 도주했다.

제1거울세계에서 넘어왔다가 우연히 습격 현장에 맞닥뜨렸던 야스나가 소이치와 그의 딸 나쓰호는 사태가 수습된 후, 스물네 시간의 관찰 기간을 거쳐 제1거울세계로 돌아가는 것이 허가됐다. 반정부 조직의 나쓰호가 발사한 레이저가 스쳐서 소이치는 오른쪽 어깨를 다쳤다.

"두 사람이 의심받지 않도록 몇 발 쏘고 갈게."

사실 저쪽 나쓰호는 소이치와 이쪽 나쓰호를 엎드리게 한 후, 일부러 레이저 건을 쐈다. 한 발이 스친 건 소이치가 딸의 뒷모습을 눈에 새겨두려고 몸을 일으켰기 때문이다.

"아차차, 미안해, 아빠!"

그것이 소이치가 들은 저쪽 나쓰호의 마지막 말이었다.

저쪽 나쓰호는 파더 야스나가의 딸이고, 파더 야스나가는 군사 정권의 전복을 꾀하는 제1급 위험인물이다. 그리고 공안국은 그들의 존재와 활동을 추적하는 중이다.

그렇다면 감쪽같이 바꿔치기해서 제1거울세계의 원조 나쓰호라고 인정받은 이쪽 나쓰호에게도, 부모인 소이치와 도코에게도 앞으로 무슨 형태로든 감시의 눈길이 따라붙을 것이다. 거기서 완벽하게 벗어날 수는 없다. 설령 제1거울세계의 야스나가 소이치가 제2거울세계의 공안국에서 일하는 제복 경관과 흰색 가운 차림 여자에게 "이쪽과는 많이 다르네." 하고 은근히 놀림을 받을 만큼 아무 해로움 없이 온순한 인간일지라도.

그래서 가족 세 명이 이 화제에 대해 터놓고 이야기하기 위해, 한 달이나 냉각 기간을 가졌다. 또한 집에서는 이야기하지 않고 차를 몰고 나가서 지도를 보며 내키는 대로 목적지를 정했다.

보소반도 남쪽 끄트머리에 있는 산장식 리조트 호텔을 선택한 건 도코였다.

"음식도 평이 좋고 족욕을 할 수 있는 온천이 있어."

하룻밤을 보내고 다음 날 아침, 셋이서 해변을 산책하며 이야기를 나눴다. 숨겨왔던 사정을 털어놓고 사과하고 설명했다.

제2거울세계의 나쓰호는 친아버지를 두려워했다. 가족이어도 나쓰호로서는 이해할 수 없는 신념과 열정을 품고 살았으며, 자신의 목숨을 아까워하지 않았다. 그리고 나쓰호에게도 그러한 신념과 열정과 용기를 품으라고 강요했다.

뜻이 정의로운 만큼 악마보다도 버거운 존재였다.

양처럼 얌전한 일반 시민인 소이치와 도코는 나쓰호

가 얼마나 두렵고 절망스러웠을지 거의 물리적으로 고통을 느낄 만큼 절실히 이해했다.

"난 파더에게서 달아나고 싶었어. 파더가 있는 인생에서."

그렇기에 제2거울세계의 나쓰호는 이번 바꿔치기를 실현하기 위해 주의 깊고 신중하게 행동했다. 계획이 구체화된 후로는 대질 형식의 식별 테스트를 받을 위험성을 고려해 파더의 부하와 전혀 접촉하지 않았고 반정부 조직의 행동 계획에 관해 아무런 지식도 얻지 않으려고 애썼다.

하지만 그런 나쓰호도 저쪽 나쓰호가 공안국을 급습할 때 사용한 휴대용 차원 홀 생성기의 구조만큼은 잘 알고 있었다. 이쪽으로 넘어올 때 나쓰호도 몇 번 사용해야 했기 때문이다.

"그 생성기의 동력원은 '롬블렌의 눈'이야."

폭주해서 폭발한 양자 가속기의 마지막 모습. 해로운 순백색 분진. 그걸 이용해 개발한 휴대용 차원 홀 생성기는 제1거울세계의 암시장에서 제2거울세계의 반정부

세력에게 제일 인기 있는 상품이라고 한다.

"그래서 그걸로 만든 차원 홀을 빠져나가면 몸이 몹시 차가워져. 동상을 입기도 하고."

"그렇겠지. 아버지는 현장 전문가니까 잘 알아."

소이치는 자신의 손등에 희미하게 남은 흉터를 보여 줬다. 그 손에 나쓰호가 손을 얹었다. 그 위에 도코가 손을 얹더니 아무 말 없이 미소 지었다.

"바꿔치기가 들통 났을 때."

어머니는 날 끌어안아줬어…….

"원조 나쓰호가 아니라 날 끌어안아줬어."

그 손이 햇살처럼 따뜻했던 게 생생히 기억나. 이쪽 나쓰호가 된 저쪽 나쓰호는 그렇게 말했다.

"나도 잘 알지." 하고 소이치는 대답했다.

한 장만 색이 달라서 이 세계에서는 이질적이었던 나쓰호. 자신과 같은 색의 트럼프 카드 속으로 사라진 나쓰호.

사랑이 없어진 건 아니다. 입 밖에 내지 않아도 소이치는 나쓰호를 기다리고 있다. 도코도 기다린다는 걸 안다.

언제일지, 얼마나 먼 미래일지는 모른다. 두 사람이 살아 있는 동안에는 실현되지 않을지도 모른다. 하지만 반드시 그때는 온다.

저쪽으로 넘어간 나쓰호가 동료들과 함께 제2거울세계의 군사 정권을 타도하고 자유와 평등을 되찾는 그날. 당당하게 다시 만나 두 나쓰호를 똑같이 딸이라고 부를 수 있는 그날.

그날까지 소이치와 도코는 비밀을 안고 살아갈 것이다. 누구의 시선도 끌지 않고 평범하면서도 순종적으로. 두려움을 모르는 이상주의자 딸이 '평화에 중독됐다'라고 악평한 소시민의 삶을.

"저쪽 법률에 비춰 보면 당신과 나는 국가 반역죄에 해당하는 모양이야."

어느 날, 도코가 불쑥 말했다.

"이쪽에서도 거울세계 협정 기본법 위반이야."

"부부가 함께 죄인인 셈이네."

"아직 죄를 지었다고 확정된 건 아니야. 용의자지."

"어머, 미안해."

부드럽게 웃는 아내를 바라보며 소이치는 문득 생각했다.

나쓰호는 부부가 상의해서 지은 이름이다. 조산원 근처 널찍한 논에서 여름 햇살을 받으며 반짝이는 푸르른 벼 이삭의 물결에 종종 시선을 빼앗기곤 했기 때문이다.[*] 그 풍경처럼 아름답고 마음이 넉넉한 아이로 자라기를 바라는 심정을 담았다.

하지만 소이치는 다른 이름도 염두에 두고 있었다. 도코의 의견을 물어보자 이름으로 삼기에는 너무 훌륭한 단어라 별로 내키지 않는다기에 바로 거두어들였지만.

저쪽으로 넘어간 나쓰호에게는 그 이름이 어울렸을지도 모른다. 이름은 실체를 상징하고 그 이름과 함께 살아가는 사람의 지침이 되니까.

그렇다, 도코가 말한 대로 훌륭한 단어다. 그리고 누구나 다 안다. 하지만 정말로 그것이 필요할 때는 그것

---

[*] 일본어로 나쓰夏는 '여름', 호穗는 '이삭'이라는 뜻이다

을 붙잡기 위해 인간은 수많은 고난을 뛰어넘어야 한다.

그 이름은…… 희망을 뜻하는 '노조미_{望み}'.

色違いのトランプ

세븐틴

거울에 비춘 듯 똑같은 세계에

각각 태어난 두 명의 나

있어야 할 장소가 달랐는지 신이 실수를 했는지

겉은 똑같고 속은 정반대

아무래도 위화감은 오래전부터 자라났어

아빠 엄마 모두 소중해

하지만 나는 아무래도 여기서는 진짜 내가 아니니까

빨강은 빨강으로 검정은 검정으로 돌아가는 거야

차원 너머 저쪽 세계에서는

오늘도 잔혹한 악마가 울부짖고 있어

저쪽의 나는 겁이 많고 울보야

보고도 못 본 척할 수는 없지

이래서는 해피엔드를 맞이할 수 없으니까

그럼 구하러 갈게 세계여

이런 난폭한 나를 용서해

반드시 해낼 테니까

이건 배드엔드 따위가 아니야

어디에 있더라도 나는

세계에 하나뿐인 오리지널

자랑스럽게 여겨준다면 기쁘겠어

경계선으로 나뉜 이쪽 세계에서는

오늘도 태평한 천사가 하품을 해

악을 알아차리고도 묵인할 수는 없으니

돌아가는 길을 교환하자

내가 희망이 되는 거야

이별은 조금 쓸쓸하지만

언젠가 눈꼬리에 생겼던 상처도

불합리에 맞섰다는 증거니까

언젠가 해피엔드를 맞이할 때까지

세계를 상대로 싸우는 거야

이런 난폭한 나를 지금까지

사랑해줘서 고마워

이건 배드엔드 따위가 아냐

어디에 있어도 나는

당신의 유일무이한 오리지널

자랑스럽게 살아갈게

이제 있어야 할 장소로 돌아가자

작별 인사를 고한 세븐틴

セブンティーン

鏡写しかのような 瓜二つの世界に

それぞれ生まれた二人の私

在るべき場所が違ったか 神様が間違ったか

同じ姿形中身は真反対

違和感はどうやら ずっと前に育ってた

パパもママも大事に思ってる

だけど私はどうやら 此処じゃ私じゃないから

赤は赤に黒は黒に戻るの

次元を隔てた向こう側の世界じゃ

今日だって残酷な悪魔が鳴いている

あっちの私は怖がりで泣き虫なの

見て見ぬ振りできないから

これじゃハッピーエンドとはいかない

それじゃ救いに行くね世界

こんな乱暴な私を許して

きっとやり遂げるから

これはバッドエンドなんかじゃない

どこに居たとしても私は

そう世界で一人のオリジナル

誇らしく思ってくれたら嬉しいな

境界の線で切り分けたこちら側の世界じゃ

今日だって呑気な天使があくびする

気付いてしまった悪は見逃せないから

帰り道を交換しよう

私が希望になるの

お別れは少し寂しいけれど

いつか目尻に作った傷も

理不尽に立ち向かった証だから

いつかハッピーエンドになるまで

世界を相手に戦うの

こんな乱暴な私をずっと

愛してくれてありがとう

これはバッドエンドなんかじゃない

どこに居たとしても私は

あなたの唯一無二のオリジナル

誇らしく生きるよ

さあ在るべき場所に帰ろう

さよならを告げたセブンティーン。

ヒカリノタネ

빛의 씨앗

모리
에토

돌이킬 수 없는 일을 돌이킨다.

그러기 위해 나는 여행을 떠났다.

눈앞이 아득해질 만큼 머나먼 저편으로.

내 마음을 한 번 더 그가 처음처럼 느낄 수 있도록.

그를 향한 마음을 한 번 더 내가 처음처럼 느낄 수 있

도록.

○

"히구치, 도와줘."

그날 밤, 뭔가가 흘러넘쳤다. 저녁을 먹은 후 내 방에서 감씨과자*를 아작아작 먹다가 갑자기 참을 수가 없어서 초등학교 때부터 친하게 지냈던 히구치에게 전화를 걸었다.

"나, 역시 시이타가 좋아."

히구치의 반응은 미지근했다.

"알아. 벌써 귀에……."

"딱지가 앉았어도 또 들어줘. 궁지에 몰렸다고. 나, 더는 못 참을지도 몰라."

"뭘?"

"고백."

"아."

'아'가 5초쯤 이어진 후 히구치의 쌀쌀한 목소리가 들렸다.

"이럴 줄 알았어. 뭐, 시간문제였으니까."

"그렇게 남의 일처럼 말하지 말고."

---

*   매콤하고 짭짤한 감씨 모양의 일본 쌀과자

"남의 일처럼이 아니라 남의 일인걸."

한순간 전화를 끊을 뻔하다가 상대는 히구치라고 스스로를 타일렀다.

"그럼 그 차분하고 냉정한 눈으로 보고 알려줘. 어떻게 하면 좋을까?"

"이러쿵저러쿵해도 결국은 고백을 참을 수 없는 거잖아."

"응."

"그럼 하는 수밖에. 같은 상대에게 네 번째 고백을."

"으아."

네 번째. 그 눈물 나는 숫자가 가슴을 찔렀다.

"참 간단히 말하는데." 하고 나는 목소리를 낮췄다. "네 번째쯤 되면 아무리 나라도 생각이라는 걸 하게 된다고. 지금까지 세 번 차인 상대에게 또 고백해서 잘될 가능성이 있을까? 정말 끈질긴 녀석이라며 나한테 오만정이 다 떨어지지는 않을까? 히구치 생각은 어때?"

"시이타의 성격상 너한테 정이 떨어지지는 않을 거야."

"그게 아니라 잘될 가능성."

히구치는 침묵했다. 참 솔직하다.

"괜찮으니까 말해봐. 말을 아끼다니 히구치답지 않잖아. 지금까지 세 번 차인 상대에게 또 고백해서 해피엔드를 맞을 가능성은 얼마나 될까?"

"그럼 말할게. 난도로 따지면 사막에서 네잎클로버를 찾아내는 정도 아닐까?"

솔직해도 너무 솔직하다. 나는 전화를 끊었다.

사막에서 네잎클로버라니. 한없이 0에 가까운 가능성에 콧속이 찡했다. 눈물의 출구를 막으려고 침대에 뛰어들자 방심했던 콧물 때문에 베갯잇이 젖었다.

안다. 다 포기하지 못하는 내 탓이다.

차이고 차이고 또 차여도 좋아하는 마음을 끊어낼 수 없는 상대, 시이타를 처음으로 의식한 건 지금으로부터 10년 전인 초등학교 1학년 때였다. 사랑이라는 말도 모른 채 나는 아주 가볍게 고백했고 가볍게 차였다. 그 후로도 첫사랑을 질질 끌다가 초등학교 6학년 때 두 번째로 장렬히 산화했다. 중학교 2학년 때 세 번째로 실연했을 때는 아무래도 이제 다음은 없겠구나 싶었다.

나는 영원히 시이타의 여자 친구가 될 수 없다. 이 현실을 받아들이는 수밖에 없다. 이대로 가다가는 시이타를 너무 좋아하는 나머지, 나 자신이 싫어질 것이다.

시이타에게 언제까지고 집착하는 나.

시이타만 보고 시이타의 시선만 신경 쓰는 나.

시이타 말고는 시선을 주지 않아서 자신이 살아가는 세계를 좁히는 나.

그런 나 자신에게 진절머리가 나서 세 번째로 격침된 후, 그 일을 전환점 삼아 다시 태어나기로 다짐했다. 시이타에게서 벗어나겠다고 히구치에게도 선언하고 넘쳐나는 정열을 다른 곳으로 돌리기 위해 마음을 단단히 먹고 여자 배구부에 가입했다. 교실과 SNS에서도 적극적으로 친구를 늘려서 시이타 일색이었던 나날을 다른 색깔로 칠하려 애썼다. 시이타에게 시선을 보내면 벌금 10엔이라는 규칙을 만들어서 잔돈도 제법 모았다.

하지만 아무리 그래도 시이타와 다른 고등학교에 갈수는 없었다.

"사카시타도 같은 학교라면서? 잘 부탁해!"

시이타가 (예전에 나를 세 번이나 찬 남자라고는 생각할 수 없을 만큼) 산뜻하게 웃는 얼굴로 그렇게 말했을 때, 나는 고등학교 3년간 어떻게든 '오랜 세월 알고 지낸 친구'라는 위치를 사수하기로 맹세했다. 흥기와 종이 한 장 차이인 이 웃음이 흐려지는 짓을 해서는 안 된다. 많은 것을 바라지만 않으면 나는 여자 사람 친구라는 안전지대에 머무를 수 있다.

다행히 1학년 때도 2학년 때도 시이타와는 반이 갈렸다. 접점이 적으면 감정의 파도도 일지 않는다. 가끔 복도에서 마주쳤을 때 서로 인사만 건네는 관계. 그 정도로도 상관없었다. 그래서 평화로웠다. 그런데…….

딩동. 갑자기 인터폰이 울려서 나는 축축한 베개에 묻고 있던 고개를 번쩍 쳐들었다.

몇 초 후, 문밖에서 엄마 목소리가 들렸다.

"유마, 히구치 왔다."

감색 후드티에 데님바지라는 털털한 복장으로 나타난

히구치는 제집처럼 내 방에 쑥 들어오더니 공부 책상 의자에 떡하니 앉아 관찰하듯 사방을 둘러봤다.

"변함없이 방이 칙칙하네. 핑크색의 비율이 낮다고 할까, 프릴의 비율이 제로라고 할까…… 아, 만화책이 또 늘어났잖아. 우와, 저 포스터 아직도 있네. 『원피스』 포스터를 벽에 붙여놓는 여고생은 별로 없을걸."

"내 히어로야. 괜히 트집 잡지 마."

나는 침대 가장자리에서 히구치를 노려봤다.

"루피는 내 활력의 원천이라고. 매일 그 포스터를 보고 힘을 충전한단 말이야."

"설마 스마트폰 배경화면도……."

"루피인데. 왜?"

"어떤 의미에서는 굉장하네."

"그나저나 뭐 하러 왔어?"

남의 감씨과자를 멋대로 먹는 히구치에게 문자 뿔테 안경 안쪽의 눈이 드디어 이쪽을 향했다.

"시이타와 무슨 일이 있었는지 직접 만나서 듣는 편이 빠르겠다 싶어서."

"무슨 일이라니……."

"아무 일도 없지는 않았겠지. 얼마 전까지만 해도 여자 사람 친구라는 위치가 최강이라는 둥, 여자 친구와는 헤어져도 여자 사람 친구와는 영원하다는 둥, 마치 득도한 것처럼 떠들어댔잖아. 우월감에 빠진 건지 오기를 부리는 건지 모를 느낌으로 말이야. 그런데 느닷없이 또 고백? 분명 네 미련에 불을 붙일 만한 일이 있었을 텐데?"

너무나 적확한 지적에 잠시 얼떨떨했다. 나는 히구치에게 휘청휘청 걸어가 감씨과자 봉지를 빼앗아 다시 침대 가장자리로 돌아왔다.

"히구치. 고작 1, 2분의 대화가 3년의 금욕 생활을 물거품으로 만드는 사례도 있겠지?"

"시이타랑 1, 2분 이야기를 나눈 거구나."

"잘 물어보셨습니다!"

자제심도 여기까지였다. 실은 누군가에게 말하고 싶어서 입이 근질근질했으므로 성난 파도처럼 빠른 말투로 그날 있었던 일을 설명했다. 고등학교 친구는 내 과거를 모르니까 약오르지만 이야기 상대로 히구치만큼

적당한 사람은 또 없다.

"닷새 전에 남자 배구부의 오니시라는 녀석이 집적거린 게 계기였는데……."

그날 방과 후를 떠올렸다. 얼른 배구부 연습을 하러 가려는데 교실을 한 발짝 나서자마자 기다리고 있던 오니시가 날 붙잡고 터무니없는 요구를 했다. 아무리 거절해도 오니시는 물러서지 않았다.

"부탁이야, 사카시타. 이렇게 빌게."

"안 돼."

"평생의 소원이야."

"안 된다면 안 되는 줄 알아."

몇 번이나 그렇게 옥신각신했는지 모르겠다.

"그만 좀 하고, 다른 사람을 찾아봐."

"두루두루 부탁해봤지만 전멸이야. 네가 마지막 보루라고."

"더더욱 싫어."

"어떻게 좀 안 될까."

끝날 기미가 보이지 않았다. 어떻게 하면 좋을지 난감

하던 바로 그때, 옆에서 "안녕." 하고 목소리가 들렸다.

돌아보자 시이타가 서 있었다.

"아……."

너무 갑작스레 나타나서 바로 인사를 받아주지 못했다.

눈앞에 시이타가 있다. 늘 멀기만 하던 시이타가 가까이 있다. 그 사실만으로도 이 세상 자체의 원근감이 이상해지는 것만 같았다.

게다가 시이타는 오니시에게 이렇게 말했다.

"사카시타에게 할 말이 좀 있는데, 괜찮지?"

이런 일이 공상 밖에서 실제로 일어나다니 거짓말 같았다. 어리벙벙한 표정의 오니시를 남겨두고 나는 구름 위를 걷는 기분으로 내게 손짓하는 시이타를 따라갔다.

방과 후의 교내에 석양이 비쳐들었다. 먼지 때문에 안개 낀 것처럼 빛이 흐릿하게 번졌다. 웅성거리며 오가는 학생들의 윤곽은 전부 희미해 보였다. 말없이 앞을 걸어가는 시이타의 등만 선명하고 뚜렷해 보였다.

복도 끝에 도착하자 시이타는 계단을 내려갔고 1층까지 내려온 후에야 걸음을 멈췄다.

"여기까지 왔으니 됐겠지."

"응?"

"아, 진짜로 할 말이 있었던 건 아니고, 어쩐지 붙잡혀서 난감해하는 것 같아서."

구해줬다. 할 말은 없었다. 그 두 가지 사실이 머릿속에서 복잡하게 뒤엉켰다. 무작정 기뻐할 수도 실망할 수도 없어서 나는 또 키가 조금 더 자란 시이타를 멍하니 올려다봤다. 그늘 하나 없이 웃는 얼굴은 예전과 다름없었다.

"맞아, 붙잡혀서 난감했어. 고마워."

필요 이상으로 큰 목소리를 냄으로써 겨우 '오랜 세월 알고 지낸 친구'의 얼굴을 되찾았다.

"아까 걔는 남자 배구부인데, 비치발리볼 동아리를 새로 만들자면서 여자 배구부 아이들에게 부탁하고 다녀."

"흠, 바다도 없는데 비치발리볼이라."

"비키니 차림을 구경하려고 그러는 거겠지. 여름에는 쇼난 지방에서 합숙을 하자나? 흑심이 빤히 다 보여."

"확실히 음흉한 제안이로군."

농담하듯 가볍게 말했는데도 시이타의 얼굴에서 웃음
이 사라졌다. 그리고 다음 순간.

"마음 놓지 마."

시이타가 긴 앞머리로 눈을 덮을 듯 고개를 숙이고 불
쑥 중얼거렸다. 조금 낮고 잠긴 목소리. 마치 모르는 어
른같이.

그 직후에 시이타는 쑥스러운 표정으로 "갈게." 하고
자리를 떠났다.

내 두 귀가 화끈거릴 만큼 진한 여운을 남기고.

"마음 놓지 마."

"음, 좀 다른가. 뭐랄까 좀 더, 시이타치고는 중후한 느
낌? 마음 놓지 마…… 아니지, 반음 더 낮았나. 잘 표현
을 못 하겠지만 그 후로 그 목소리가 머리를 떠나질 않
아. 지난 5일간 반복 재생하듯 울려 퍼져서 어느덧 시이
타 생각만……."

"그 결과 불이 확 붙어서 고백 모드에 돌입했다?"

다 말할 필요 없다는 듯 히구치가 끼어들었다.

"그런 셈이지. 자, 어떻게 할까, 히구치?"

"어떻게고 저떻게고, 상태를 보니 브레이크는 안 먹히 겠네. 고백할 수밖에 없겠어."

"엇, 네 번째 고백을? 히구치, 제정신이야?"

"제정신이 아닌 건 세 번 차였으면서 또 활활 타오르 는 너겠지. 머리를 식히려면 한 번 더 차이는 수밖에. 지 금까지도 힘껏 돌진했다가 부딪쳐서 깨진 것처럼."

"그건 그렇지만……."

갑자기 목소리에서 힘이 빠졌다. 포스터 속에서 웃는 루피를 아무리 쳐다봐도 네 번째 고백에 필요한 힘은 솟 구칠 것 같지 않았다.

나는 등을 젖혀 다시 침대에 드러누웠다.

"저기, 히구치. 한심하게 들리겠지만 이번에는 진짜로 무서워. 고백하는 것도 차이는 것도. 지금까지 중에서 제일 무섭단 말이야. 지금 돌이켜보면 처음으로 고백할 때는 아무 고민도 없었어. 두 번째도 그랬고. 세 번째도 지금보다 훨씬 마음이 가벼웠지. 정말이지 옛날의 내게 화가 날 정도야. 무작정 행동에 나선 너희들 때문에 지

금의 내가 이렇게 힘들어하는 거 아니냐고…… 히구치,
듣고 있어?"

"듣고 있지만 무슨 뜻인지 잘 모르겠으니까, 알아들을
때까지 계속해봐."

"그게, 같은 사람을 상대로는 고백하면 할수록 인상이
흐려지잖아. 두 번째 이후로는 어떻게 해도 첫 번째보다
효과가 약해. 고백받은 쪽도 가슴이 철렁하지 않을 테
고. 어쩐지 익숙해진달까, 기시감? 아, 이런 내용의 만화
를 예전에 본 적 있다는 느낌을 받지 않을까. 의외성이
없는 거지. 그야 심장이 두근거리지 않을 만도 해. 두근
거림이 없는 고백이 어떻게 성공하겠어? 히구치, 듣고
있는 거야?"

"무슨 말을 하고 싶은지는 알겠어. 푸념을 계속하고
싶다면 말리지 않을게."

"반대로 고백하는 쪽에서는 횟수를 거듭할수록 스스
로 느끼기에도 점점 마음이 무거워지고 괴로워지지. 열
여섯 살쯤 되면 분별이라는 것이 생길뿐더러 더는 상처
입기 싫고 또 차이면 친구로도 못 지낸다는 생각에 겁도

나거든. 그래서인지 요즘, 왜 초등학교 1학년 꼬맹이 주제에 고백을 했을까, 하는 생각이 자꾸 들어. 초등학교 1학년이면 시이타도 아직 코흘리개잖아. 이성으로서 좋아하느니 싫어하느니 그런 걸 모를 나이야. 왜 그런 꼬맹이한테 귀중한 첫 번째 고백을 바친 걸까. 이럴 줄 알았으면 소중하게 아껴둘 걸 그랬어. 히구치는 모르겠지만 고등학교 입학한 후로 시이타는 좀 멋있어졌어. 헤어스타일이나 옷차림에도 신경을 쓰는 모양이고. 남자로서 한 꺼풀 벗었다는 느낌이지. 그러니까 고백한다면 지금이라고. 초등학교 1학년도, 6학년도, 중학교 2학년도 아니라 지금. 진짜 실수야. 아, 할 수만 있다면 취소하고 싶네. 모조리 되돌리고 싶어, 지금까지 했었던 고백을 전부. 그리고 홀가분했던 시절의 나로 돌아가서 지금의 시이타에게…… '마음 놓지 마' 하고 걱정해주는 고등학교 2학년 시이타에게 한 번 더 처음으로 고백하는 거야. 시이타도 초심으로 되돌려서 고백에 성공하지 못할지언정 하다못해 가슴을 철렁하게 만드는 거지!"

푸념을 실컷 늘어놓은 후, 나는 몸을 휙 일으켰다.

"나도 참. 타임머신이라도 없는 한 불가능한 일인데, 아하하."

숨김없이 털어놓은 진심을 농담으로 넘기기 위해 마음에도 없는 웃음을 터뜨렸다.

하지만 히구치는 웃음기 하나 없이 고요한 눈으로 바라보며 말했다.

"나, 시간 여행을 도와주는 사람 아는데."

○

히구치와 아주 가깝지는 않은 지인 중에 갑작스러운 사고로 가족을 잃은 여성(A라고 하자)이 있다. 세상을 떠난 가족(X라고 하자)은 할아버지설부터 어머니설, 모진 풍파를 겪은 오빠설에 이르기까지 여러 가지 설이 있었다. 어쨌거나 A와 X는 사고 전날 심하게 싸웠다. 그리고 그 회한이 A를 괴롭혔다.

서로 욕설을 퍼붓고 미워한 것이 마지막 기억이었다. 서로 용서할 틈도 없이 X는 세상을 떠났다. A는 집에 틀어박혀 울기만 했다. 밥도 못 먹고 밤에도 제대로 잠을 자지 못했다.

　과거로 돌아가서 싸우지 않고 그날을 보내고 싶다면서 자꾸 후회하고 자책하는 A가 걱정됐는지 어느 날 가족 중 한 명(이쪽도 오지랖 넓은 친척 아주머니설이나 신비한 능력이 있는 여동생설처럼 다양한 설이 있다)이 건너건너 아는 사람에게 들었다며 신기한 이야기를 해줬다. 시간 여행을 도와주는 특수 능력자가 있는 모양이라고.

　실낱같은 희망에 매달린 A는 마침내 그 특수 능력자를 찾아냈고 시간 여행을 떠나 X가 죽기 전날 싸웠던 일을 백지로 되돌리는 데 성공했다. 마음을 정리한 A는 새로운 삶을 향해 다시 걸음을 내디뎠다.

　그런 도시전설(결말은 조잡하다)을 듣고 2주가 지난 일요일, 나는 히구치와 함께 그 특수 능력자가 산다는 맨션 앞에 있었다.

　야마노테선의 전철역에서 도보 3분 거리의 고층 맨션. 전면이 통유리인 정면 공용 출입문 앞에는 시야 가득 정원이 펼쳐졌고 푸릇푸릇한 잎사귀가 눈부신 나무들에는 나비와 작은 새가 모여들어 그야말로 도시의 오아시스 같은 분위기를 자아냈다.

"정말로 여기야? 이렇게 고급스러움이 넘치는 곳에 특수 능력자가 산다고?"

내가 의심하자 히구치는 "틀림없어, 여기야." 하고 스마트폰 메모장을 보며 딱 잘라 말했다.

"알아내느라 엄청 고생했어. 아는 사람의 아는 사람을 몇 번이나 건넌 끝에 여기까지 다다른 거라고. 일단 엄마 친구한테 전화하고, 엄마 친구의 조카에게 전화하고, 조카의 남자 친구에게 전화하고, 남자 친구의 직장 선배에게 전화하고……."

공용 출입문으로 이어지는 포석을 걷는 동안 히구치가 고생담을 줄줄 늘어놓았다. 확실히 사교성 없는 히구치에게는 뼈를 깎는 고행이나 마찬가지였으리라.

그렇기에 나로서는 의문이었다.

"그런데 히구치, 왜 이렇게까지 해주는 거야?"

"왜냐니?"

"히구치는 전화 울렁증이 있잖아. 왜 날 위해서 이렇

게까지 도와주나 싶어서."

"그야." 하고 히구치는 바로 대답했다. "내 두 눈으로 똑똑히 확인하기 위해서지."

"확인하다니…… 뭘?"

"초등학생 때부터 관찰해온 네 철딱서니 없는 짝사랑이 과연 어떤 결말을 맞이할지. 네 번째 고백에 겁먹고 물러서는 형태로 끝나면 재미없잖아."

"재미없다니…… 뭐가?"

"소설. 잘 마무리되면 신인상에 응모할 생각이야."

"그렇구나."

이해했다. '연애는 하는 것보다 보는 편이 재미있다' 가 지론인 히구치는 작가 지망생이라 매일 관찰력을 닦는 데 힘쓰고 있다. 시간 여행이라는 군침 도는 소재를 소설에 담아내기 위해서라면 발 벗고 나설 만하다.

"그런데 나같이 평범한 고등학생의 초라한 짝사랑으로 되겠어? 절세 미녀와 미남이 서로 사랑하는 이야기 같은 걸 쓰면 될 텐데."

"절세 미녀와 미남이 서로 사랑하는 이야기를 누가 읽

빛의 제국

고 싶겠어?"

그런 이야기를 하다 보니 공용 출입문 앞에 도착했다. 히구치가 공용 출입문의 번호키를 누르고 교회처럼 천장이 높은 홀로 들어갔다.

"다행이다. 11시 정각이야."

엘리베이터에서 히구치가 손목시계를 확인하고 안도의 한숨을 내쉬었다. 전화로 약속을 잡을 때 예약자가 가득 찼으니까 시간을 엄수해달라고 못을 박았다고 한다.

아주 바빠 보이는 특수 능력자다. 여자 목소리인 것 같았는데 대체 어떤 사람일까. 얼굴 앞에 검은 베일을 늘어뜨리고 있을까. 손톱을 길게 기른 손으로 수정 구슬을 빙글빙글 돌릴까. 침침한 방에서는 양초며 십자가며 해골 따위가 꺼림칙한 기운을 뿜어내고 있을까.

호기심이 없지는 않았다. 하지만 딱히 설레지도 가슴이 두근거리지도 않았다. 애초에 시간 여행을 할 수 있다는 이야기를 믿지 않았기 때문이다.

말도 안 되는 소리다. 애써준 히구치를 생각해 빼지 못하고 따라왔을 뿐, 위험해 보이는 사람이 나타나면 바로 돌아갈 작정이었다.

자, 수상한 연극이 기다리는 모험의 세계로.

나는 그런 각오로 임했다.

"안녕하세요. 자, 들어오세요."

그렇기에 1207호실에서 몸집이 아담하니 연령대가 불확실한 여자가 우리를 맞이했을 때 겉모습이 너무나 평범해 오히려 눈을 의심했다.

수수하면서도 질 좋아 보이는 회색 바지 정장. 어깨까지 내려오는 웨이브를 약하게 넣은 머리. 위압감이 없는 옅은 화장. 가슴께에서 빛나는 한 알짜리 진주 목걸이. 어디서도 수상한 낌새는 배어 나오지 않았다.

겉모습만 철벽같이 '평범'한 것이 아니었다. 안내받은 안쪽 방도 아주 단순해서 베이지색이 기조인 깔끔한 공간에 4인용 테이블만 덜렁 놓여 있을 뿐이었다. 해골은 커녕 불필요한 장식은 하나도 없었고 오로지 벽 앞 서재에 죽 꽂힌 책의 책등만이 무미건조한 방에 색채를 곁들였다.

"의외로 번듯해서 실망했어요?"

내가 맥 풀린 표정을 감추지 못하자 수수께끼의 여자가 웃음을 지었다.

"번듯하지 않은 사업을 하려면 하다못해 껍데기만이라도 번듯하게 치장해놔야 해요. 아니면 아무도 다가오질 않거든요. 이건 수상쩍은 돈벌이를 할 때의 철칙이랍니다."

"아, 네."

"잘 왔어요."

여자가 얼떨떨해하는 내게 명함을 내밀었다.

"모리야 마키에라고 해요."

명함에 적힌 그 이름 위에는 'M&M 타임 트래블 에이전시 소장'이라고 적혀 있었다. 확실히 아주 번듯한 인상이다.

"뭐, 소장이라고 해도 직원은 나 혼자뿐이지만."

"아, 네."

"저어, 처음 뵙겠습니다."

그때 "아, 네."라는 말밖에 못하는 내 옆에서 히구치가 한 발짝 앞으로 나섰다.

"히구치 이치카입니다."

"아, 이번 일의 의뢰인."

"네. 느닷없이 묘한 부탁을 드려서 죄송해요. 전례가 없는 의뢰라는 말씀에 송구스럽지만 길을 잃고 헤매는 제 친구를 위해 부디 잘 부탁드립니다."

팔꿈치로 쿡 찌르는 바람에 나도 허둥지둥 고개를 숙였다.

"사카시타 유마라고 합니다. 잘 부탁드립니다."

"그렇군요. 당신이 같은 상대에게 세 번이나……."

여자는 연민 어린 눈으로 내 온몸을 살피다가 왼손에 든 보스턴백에 시선을 멈췄다.

"큰 짐을 가지고 왔네요?"

"아, 네. 운동복 같은 걸 넣어왔어요. 오후부터 동아리 활동이거든요."

"시간 여행 후에 동아리 활동? 요즘 고등학생은 정말로 바쁘네요. 뭐, 나도 일정이 빡빡하니까 지체할 것 없이 후딱 끝내죠."

그 말대로 모리야 씨는 우리를 후딱 테이블에 앉히고

후딱 차를 내오고 후딱 본론으로 들어갔다.

"일단 확인할게요. 시간 여행의 목적은 과거 세 번 실시했던 고백의 회수, 맞죠? 시술에 앞서 약속해줬으면 하는 사항은……."

"죄송하지만 그 전에" 하고 나는 끼어들었다. "우선 비용부터 알려주시면 안 될까요?"

"비용?"

"시간 여행에 드는 돈이요. 돈이 많지는 않거든요."

내가 단호하게 말하자 모리야 씨는 "으음." 하고 난처한 표정으로 대답했다.

"솔직히 딱 정해놓지는 않았어요. 시간 여행의 거리나 시간 등 여러 가지 요소를 종합적으로 판단해서 금액을 산출한다고 할까요. 요컨대 내 노력이 얼마나 들어가느냐의 문제니까."

"적정 가격 같은 건 없나요?"

"없어요. 전철을 타고 잠깐 하코네까지 다녀오겠다는 식으로 진행되는 일은 아니니까."

하지만 걱정하지 말아요, 하고 모리야 씨가 경계심을

노골적으로 드러내는 내게 말했다.

"돈이 많은 사람에게 비용을 많이 받을 때는 있어도 돈이 없는 사람에게 바가지를 씌우지는 않거든요. 무자비하게 이익을 우선하는 성격이 못 된다고 할까요? 당신은 지갑이 얇아 보이니까 학생 할인을 적용해줄게요. 1200엔이면 어때요?"

"어엇, 그래도 되나요?"

이 얼마나 욕심 없는 사기꾼인가. 나는 모리야 씨를 똑바로 쳐다봤다.

"감사합니다. 덕분에 살았어요. 이번 달은 정말로 돈에 쪼들려서……."

그렇게 말하며 보스턴백을 무릎에 얹고 속에서 지갑을 꺼냈다. 상대의 마음이 변하기 전에 선불로 낼 작정이었다.

"자, 여기 1200엔요. 정말 은혜를 입었네요. 아…… 혹시 괜찮으시면 감씨과자도 드릴게요."

"감씨과자?"

"얘, 감씨과자 중독이거든요."

가방에서 꺼낸 과자봉지를 보고 모리야 씨가 고개를 갸우뚱하자 히구치가 옆에서 설명했다.

"감씨과자가 없으면 불안한지 365일 내내 가지고 다녀요."

"없으면 불안한 게 아니라 있으면 안심되는 거야."

"흠, 매운 과자를 좋아하는군요. 그럼 말이 나온 김에 먹을까요. 배도 좀 고프니까."

모리야 씨가 감씨과자를 접시에 덜었다. 우리는 와삭와삭, 아작아작, 하고 맛있게 먹는 소리를 내며 드디어 협의에 들어갔다.

"일단 유념해야 할 점이 있어요. 시간 여행 중에 세계의 미래를 바꿀 만한 말이나 행동은 하면 안 돼요. 과거로 돌아간 당신의 말이나 행동 때문에 전 인류가 공유하는 '현재'가 바뀌어서는 안 된다는 뜻이에요. 당신이 간섭해도 되는 건 당신 자신에게 한정된 과거뿐. 즉 이번에는 고백을 회수하는 거죠."

"아, 그거 알아요. 과거에서 섣부른 행동을 하면 지금의 현실에 영향을 줘서 엄마가 다른 사람으로 바뀌거나 하잖아요."

"네, 그거요. 공통으로 엄수해야 하는 사항이니까 명심해요. 그리고 이건 내가 만든 규칙인데, 시간 여행을 하는 동안 과거의 당신에게 미래와 관련된 정보를 주면 안 돼요. 당신은 앞으로 몇 번 더 차인다거나 고등학생 때까지 고백을 참는 게 좋다는 식으로 미리 알려주면 안 된다는 거예요. 쓸데없는 참견은 하지 말 것."

"하지만 분명 노비타는 과거의 노비타에게 참견했던 것 같은……."

나는 그 명작 애니메이션이 떠올라서 말해봤다.

"도라에몽은 노비타*에게 너무 물러요."

모리야 씨는 따끔하게 말했다.

"원래 알 수 없는 미래를 알아본들 결코 바람직한 결말로 이어지지는 않아요. 이건 내 경험에서 우러난 규칙이죠. 앞날이 보이지 않는다는 인류에게 공통된 불안 요소를 없애봤자 앞날이 보이면 보이는 대로 인간은 해이

---

*   만화 「도라에몽」의 등장인물로 한국에선 노진구다

해지거든요. 뻔히 아는 미래를 향해 살아봤자 재미없잖아요."

"그런 법일까요?"

"그런 법이랍니다. 그러니까 당신은 설득이나 경고 말고 다른 방법으로 과거의 당신이 그에게 고백하는 걸 미연에 방지해야 해요."

"다른 방법이라니, 그게 뭔데요?"

"알아서 생각해요."

"에이."

"그럼 계속할게요. 이것도 반드시 지켜야 할 철칙인데, 시간 여행을 돈벌이에 이용하는 것도 금지예요. 과거의 자신에게 빅테크 기업의 주식을 사라는 식의 충고는 절대로 하지 말 것. 시간 여행 중에 당신이 뭘 하는지 내가 지켜보고 있으니까 부정한 행위를 하는 즉시 여행을 중단할 거예요. 그리고⋯⋯."

이것도 안 된다, 저것도 안 된다며 모리야 씨가 잔소리를 늘어놓고 히구치가 부지런히 그 말을 스마트폰에 메모하는 동안 나는 혼자 묵묵히 감씨과자를 먹었다. 모리야 씨가 그럴싸한 말을 하면 할수록 접시로 뻗는 손을 멈출 수가 없었다.

내 마음의 진정제, 감씨과자. 그걸 이렇게나 자꾸 원한다는 건…….

"죄송하지만 잠깐만요."

아까까지 여유만만했던 기분이 가슴속에서 사라졌다는 걸 깨달은 순간, 초조함이 섞인 목소리가 입에서 튀어나왔다.

"듣다 보니 어쩐지 이상한 기분이 들어서요…… 그, 마치 제가 진짜로 시간 여행이라도 할 것 같은."

모리야 씨가 움직임을 멈췄다. 허공에서 굳어버린 손끝에서 빠져나온 감씨과자가 방바닥에 탁 떨어졌다. 하필이면 몇 개 안 든 땅콩이었다.

"설마 진짜가 아니라고 생각한 거예요?"

깜짝 놀란 그 얼굴을 나도 깜짝 놀란 표정으로 쳐다봤다.

"설마 진짜라는 말씀이세요?"

설마와 설마의 충돌.

그때 나와 모리야 씨 사이에서 튀는 불꽃에 물을 끼얹듯 히구치가 천천히 입을 열었다.

"잠깐 괜찮을까요? 저는 시간 여행이 진짜든 가짜든 공평한 기록 담당으로 머무를 작정이었지만, 만약 시간 여행이 백 퍼센트 진짜라면 한 가지 의아한 점이 있어서요."

"뭔데요?"

"이 방의 어디에 타임머신이 있나요?"

히구치의 한마디가 휑하니 살풍경한 거실에 긴장감을 불러일으켰다.

확실히 타임머신으로 보이는 물체는 방 안 어디에도 없었다.

하지만 모리야 씨는 동요하지 않았다.

"여기는 응접실이고 시술실은 옆방이에요. 그리고 하나 말해두자면 타임머신은 자기 힘으로는 살을 뺄 수 없는 사람이 의존하는 다이어트 머신 같은 거랍니다."

"다이어트 머신?"

"자기 능력으로는 시간을 뛰어넘을 수 없는 과학자가

사용하는 궁여지책이죠."

모리야 씨의 입술에 맺힌 대담한 웃음을 본 순간, 나는 직감적으로 확신했다.

진짜다.

이건 사기가 아니다.

거실에 인접한 시술실은 어두웠다. 창문에는 커튼을 쳤고 불도 켜놓지 않았다. 문을 열어놓자 복도의 불빛이 비쳐들어 방 한복판에 있는 물체의 윤곽이 어렴풋이 드러났다.

낮고 길고 네모난…… 흔한 침대였다.

"특수한 장치는 필요 없어요."

모리야 씨가 내 어깨에 손을 얹었다.

"당신은 그냥 저기에 누워서 당신이 돌아가고 싶은 과거를 떠올리면 돼요. 나와 손을 잡고 온 정신을 집중해서요. 그거 다예요."

"그러기만 해도 과거로 갈 수 있다고요?"

"네. 정확하게는 당신 자신의 기억 속으로 숨어드는

거죠."

"숨어들다니…… 어떻게요?"

"해보면 알아요."

아무 일도 아니라는 듯 말해서 나는 침을 꿀꺽 삼켰다.

저 침대에 누워서 돌아가고 싶은 과거를 떠올린다. 그렇게만 해도 과거로 갈 수 있다고?

"그만둘래요? 막상 시작하려고 하면 겁먹는 손님은 꽤 많아요. 과거의 자신을 만나러 가는 건 아주 큰 모험이기도 하고요."

모리야 씨는 문가에 우두커니 서 있는 나를 쳐다보며 말했다.

"지금이라면 돈도 돌려줄게요. 아까까지 날 사기꾼으로 여겼으니 마음의 준비도 안 됐을 것 같은데요?"

그 질문에 대답하는 대신 나는 걸음을 내디뎠다. 두려움과 망설임이 따라붙지 못하도록 최대한 큰 걸음으로 재빨리 침대로 걸어갔다.

"부탁드릴게요."

시트와 이불 사이로 들어가서 눕자 새까만 천장에서

ヒカリノタネ

느껴지는 압박감 때문인지 방이 한층 어두워진 듯했다.

누군가의 발소리가 타박타박 다가왔다. 모리야 씨이리라.

"정말 갈 건가요?"

"네. 모험은 싫어하지 않는 편이거든요. 그리고 정말로 과거로 돌아가서 고백을 회수할 수 있다면 그보다 더 좋을 수는 없으니까요."

"과거의 고백을 회수했다고 해서, 다음 고백에 성공한다는 보장은 없어요."

"알아요. 하지만 성공할 확률이 조금이나마 높아지겠죠. 솔직히 말해 지금까지 했던 고백을 취소하지 않는 한, 제가 시이타의 여자 친구가 되는 건 사막에서 네잎클로버를 찾아내는 것만큼 힘들걸요? 거의 기적이나 다름없는 수준이라고요."

그리고, 하고 나는 완전히 태도를 바꿔서 말을 늘어놓았다.

"지금까지 저 자신의 행동을 돌이켜봤는데요. 어쩐지 고백을 하면 할수록 점점 구렁텅이에 빠진달까, 시이타에게 더욱 집착하는 것 같아요. 넘어졌지만 빈손으로 일어서고는 싶지 않달까, 지금까지 실연했던 만큼 본전을 되찾고 싶달까…… 뭐라고 설명은 잘 못 하겠지만 어쩐지 오기를 부리는 측면도 있는 것 아닐까 싶네요. 차이면 차일수록 막무가내가 돼서 시이타밖에 보이지 않고, 시이타에게 얽매이고, 자신의 세계가 작아지고…… 그런 저 자신에게 정이 뚝 떨어졌어요. 이게 정말로 시이타를 좋아하는 건지, 그냥 오기로 쫓아다니는 건지 모르겠다고 할까요."

머리맡에서 부스럭, 하고 소리가 났다.

침대 옆의 희미한 사람 형체가 이쪽으로 손을 뻗었다.

"그래서 지금까지 했던 고백을 없었던 일로 하고, 티한 점 없는 저로 돌아가고 싶어요. 너무 무거운 과거를 정리하고 한 번 더 처음 고백하는 기분으로 시이타와 마주하고 싶네요."

내 손등에 누군가의 손바닥이 얹혔다. 모리야 씨의 손. 서늘하니 기분 좋았다.

"알았어요. 도와줄게요. 과거로 여행을 떠나 되찾아야

할 걸 되찾아 와요."

나는 주먹을 꽉 쥐며 "네." 하고 고개를 끄덕였다.

"유마, 파이팅."

모리야 씨 반대편에서 히구치의 목소리가 들렸다.

"그럼 시간 여행을 떠나겠습니다. 일단 몸을 적응시킬 겸 부담이 적은 곳부터 갈게요. 세 번째로 고백한 3년 전 6월. 눈을 감고 떠올려요. 최대한 실감 나게, 그 시절의 자신으로 되돌아간 것처럼."

모리야 씨가 이끌어주는 대로 나는 시간 여행을 떠났다.

○

3년 전 여름, 세 번째로 고백했던 날을 떠올렸다.

중학교 2학년인 시이타와 나. 지금 생각하면 둘 다 아직 어렸다.

그래서인지 나는 전혀 주눅 들지 않고 시이타에게 시선을 보낼 수 있었다. 두 번 실연했는데도 여전히 구김살 없이 웃으며 대해주는 시이타를 한결같이 좋아했다.

중학교 1학년 때 반이 갈렸던 시이타와 2학년 때 다시 같은 반이 되자 그것만으로도 1년 치 운을 다 쓴 것만 같은 기분이었다.

그러나 행운은 계속됐다.

9월의 운동회. 2학년 C반 남학생 중에서 제일 발이 빠른 시이타와 여학생 중에서 두 번째로 발이 빠른 나는 남녀 혼성 학급 대항 이어달리기 주자로 뽑혔다.

같은 학년의 A반부터 D반까지 각각 네 명이 대표로 출전해 대결하는 이어달리기 경기는 운동회의 꽃이다. 중학생쯤 되면 청팀이 이기든 백팀이 이기든 상관없다는 기분이 든다. 그래도 다른 반과 벌이는 대항전에서는 지고 싶지 않다. 특히 승부욕이 강한 시이타는 의욕을 불태웠다.

"죽어도 이긴다!"

운동회 며칠 전, 방과 후에 운동장에서 이어달리기를 연습했을 때도 시이타는 누구보다도 열심히 했다. 배턴을 넘겨주는 연습만으로는 모자랐는지 코스를 몇 번이나 전력 질주했고 몇 번이나 넘어졌다.

"어, 또 넘어졌네."

"뭐 하는 거람."

자꾸 넘어지는 모습에 모두가 어이없어하는 가운데, 나는 달리다가 넘어지고 달리다가 넘어지는 시이타를 평소보다 더 빤히 바라보던 끝에 어떤 사실을 알아차렸다.

"시이타."

내가 알아낸 사실을 전하기 위해 운동장 수돗가에서 피가 나는 무릎을 씻는 시이타에게 다가갔다.

"커브를 돌 때는 속력을 줄여야 해. 커브 구간에서 전속력으로 내달리면 누구라도 넘어질걸?"

내가 당연하다면 당연한 충고를 하자 시이타는 전에 없이 사나운 눈빛을 던졌다.

"싫어."

"뭐?"

"속력을 줄이기 싫다고. 난 전속력으로 커브 구간을 뚫고 나가고 싶어."

"……왜?"

"그러기로 결심했으니까. 이번 이어달리기에서는 그

냥 이기는 게 아니라 원심력과의 승부에서도 이길 거야. 완벽한 승리지. 반드시 성공할 테니까 두고 봐."

바보 같은 짓이라고 나는 냉정하게 생각했다. 그 바보 같은 모습이 사랑스러워서 더는 이치에 맞게 설득할 기분이 들지 않았다.

결국 시이타는 그 후로도 기를 쓰고 원심력과 싸웠다. 결국 한 번도 이기지 못하고 연습을 마쳤다. 하지만 불안을 감추지 못하는 C반 이어달리기 주자에게 천연덕스럽게 말했다.

"걱정하지 마. 본 경기 때는 분명 잘될 거니까."

연습 때 한 번도 잘되지 않았는데 본 경기 때 잘될 리 없다. 이때만큼은 시이타가 좋아하는 만화 주인공들이 원망스러웠다. 그들이 아무 근거도 없이 정신력만으로 위기를 자꾸 극복해대니까 시이타가 위기 상황에서 솟아나는 잠재력을 너무 신봉하는 것이다.

어쩌지. 이대로 가면 시이타 탓에 우리 반이 진다.

운동회가 가까워질수록 점점 더 걱정됐다.

C반의 이어달리기 주자는 다들 달리기를 잘하니까 시

이타만 제대로 달리면 우승은 확실하다. 첫 번째 주자인 아사카는 육상부 에이스. 지역 대회에서 우승한 적도 있으니까 틀림없이 1등으로 배턴을 넘겨줄 것이다. 두 번째 주자인 나벳치도 시이타와 비슷할 만큼 발이 빠르니까 분명 1등을 유지한 채 세 번째 주자인 내게 달려온다. 나만 따라잡히지 않으면 마지막 주자인 시이타는 1등으로 배턴을 받을 수 있다.

우리 반 아이들은 열광할 것이다. 2학년에서 제일 빠른 발을 자랑하는 축구부 주장이 추월당할 리 없다. 이제 우승은 결정됐다. 모두가 그렇게 확신하고 펄쩍펄쩍 뛰며 목청이 터져라 응원하리라.

하지만 승리하는 순간은 찾아오지 않는다. 시이타 앞에는 원심력이라는 이름의 끝판 대장이 버티고 있으니까.

설마했던 패배. 기대를 배신당한 아이들의 실망이 시이타를 향한 분노로 바뀌면 어쩌지. 어쩌지, 어쩌지…… 하고 매일 걱정하고 고민하던 나는 마침내 해결책을 떠올렸다. 최악의 사태를 피할 수 있는 유일한 방법.

운동회 당일, 나는 그 방법을 실행에 옮겼다.

"무슨 일이 있어도 이긴다!"

학급 대항 이어달리기를 앞두고 응원석의 목소리가 열기를 띠었다. 결전에 임하기 위해 각자 정해진 위치로 흩어지기 직전에 시이타는 이어달리기 주자들에게 주먹을 번쩍 쳐들었다. 나는 콧김을 씩씩 내뿜는 시이타를 불러세워 내 뜻을 전했다.

"시이타. 나도 결심했어."

"응?"

"나도 원심력과 싸울 거야. 두고 봐."

뭔가 하고 싶은 말이 있는 듯 입을 뻐끔거리던 시이타와 헤어지고 몇 분 후, 마침내 이어달리기의 막이 올랐다.

예상했던 대로 아사카는 출발과 동시에 속력을 높여 다른 반 주자들을 떼어냈고 나벳치도 단독 1위를 유지한 채 내게 달려왔다. 배턴을 받은 나는 신기하게도 고요한 마음으로 아까 내가 했던 말을 실행에 옮겼다. 원심력과의 승부. 그건 나 자신과의 싸움이기도 했다. 실제로 트랙에서 바람을 가르며 달리자 속력을 늦추지 않고 커브 구간으로 돌입하기가 몹시 겁났다. 본능적으로 다리가 주춤거린다. 그 본능을 용기로 극복해야 한다. 용기다, 용기를 내라. 그렇게 나 자신을 격려하며 오히려 더 속력을 높여 원심력에 맞섰다. 그리고 넘어졌다. 그렇다기보다는 날아갔다.

한순간 몸이 훌쩍 가벼워진 직후에 충격이 덮쳐왔다. 무릎, 팔꿈치, 얼굴 순서대로 몸을 부딪치며 나는 흙바닥에 쓰러졌다. 그 꼴사나운 주검을 다른 반 주자들이 차례차례 앞질러 갔다. 그들의 발소리가 멀어지고 나서 겨우 몸을 일으키자 피어오르는 흙먼지 너머로 멍하니 서 있는 시이타의 모습이 보였다.

욱신욱신 쑤시는 다리를 채찍질해 겨우 일어서서 다시 달린 건 어떻게든 배턴을 전하고 싶었기 때문이다.

"끝까지 힘내라."

"그렇지, 파이팅."

가엾은 주자에게 보내는 성원을 받으며 간신히 배턴을 넘긴 순간, 시이타의 우렁찬 고함소리가 파란 가을 하늘을 꿰뚫었다.

"네 원수는 내가 갚을게!"

그로부터 십수 초 후에 시이타도 날아갔다.

끝났다…….

속상해하는 시이타를 보고 싶지 않았고 우리 반 아이들을 대할 면목도 없었다. 시이타가 술에 잔뜩 취한 사람처럼 비틀비틀 결승선을 통과하는 모습을 확인한 후 나는 걱정스레 달려온 히구치에게 "보건실에 좀 누워 있을게."라는 말을 남기고 재빨리 운동장을 떠났다. 머리끝부터 발끝까지 내 몸속에는 허탈감밖에 남아 있지 않았다. 보건실에서 피가 난 팔다리를 치료받는 사이에도 운동장에서 떠들썩하게 들려오는 소리가 아주 멀게 느껴졌다.

"선생님. 좀 어지러워서 그런데 한 시간만 누워 있으면 안 될까요?"

"빈혈? 알았어. 쉬었다 가렴."

보건실 침대에 눕자 묘하게 안심되고 갑자기 졸음이 몰려왔다. 그러고 보니 어젯밤은 원심력과 어떻게 대결할지 머릿속으로 예행연습을 하느라 잠을 제대로 못 잤다.

나는 어느새 잠에 빠졌다.

깨어나자 침대 옆에 시이타가 있었다.

처음에는 꿈인 줄 알았다. 자주 찾아오는 단골 같은 꿈. 그런 것치고는 실감 났다. 땀과 먼지가 뒤섞인 듯한 냄새도 났다. 혹시⋯⋯.

"시이타?"

진짜임을 알아차리자마자 깜짝 놀라서 몸을 일으켰다.

"왜 여기 있어?"

시이타는 씩 웃으며 한 손을 들었다. 나처럼 팔꿈치에 거즈를 댔다.

"똑같네."

"아."

"경기가 다 끝나서 소독하러 왔어. 사카시타가 여기 있다고 히구치가 그러더라."

몹시 속상해할 줄 알았는데 시이타는 의외로 덤덤한 말투였다.

"엄청 심하게 넘어졌는데 괜찮아?"

"아⋯⋯ 응. 쓸린 정도니까 괜찮아. 시이타도 장난 아니었는데."

"응, 멋진 더블 다이빙이었지. 하지만 뭐, 굉장한 명승부였어."

"그래?"

"네 원수는 갚지 못했지만 할 만큼 해서 그런지 속이 후련하네. 역시 원심력은 대단해. 적이지만 굉장한 녀석이야. 그렇지?"

"응. 그런데 반 아이들은? 화 안 났어?"

"전혀. 엄청난 진기명기를 두 번이나 봤다면서 재미있어하더라고."

바로 가슴이 가벼워져서 나는 숨을 크게 내쉬었다.

"다행이다."

"나도 말이야, 재미있었다고 하면 좀 그렇지만 네가 전속력으로 커브 구간에 진입했을 때는 뭐랄까……."

머리를 긁적이며 한참 할 말을 찾던 시이타는 마침내 찾아냈다는 표정을 지었다.

"감동했어."

"어……."

"나보다 더 바보가 있었다는 사실에 아주 감동했지.

고마워, 사카시타."

감동 포인트는 잘 이해가 되지 않았어도 마지막 '고마워'라는 말에는 진심이 담겨 있었으므로 나는 거기에 감동했다. 서로 똑같은 곳에 붙인 거즈가 갑자기 소중한 훈장처럼 느껴져서 하마터면 눈물이 날 뻔했다. 시이타가 감동해줬다. 시이타가 칭찬해줬다. 시이타가 고맙다는 말을 해줬다⋯⋯.

"곧 폐회식이니까 이만 가볼게."

시이타가 보건실을 떠난 후에도 떨리는 가슴은 진정될 줄 모르고 더 크게 요동쳤다.

"여기네요, 세 번째로 고백하는 순간."

"엇?"

갑자기 웬 목소리가 머릿속을 파고들었다. 모리야 씨다.

"말했잖아요. 지켜볼 거라고."

"아, 그랬죠, 참."

"당신이 시이타에게 고백하는 거, 이다음이죠?"

"네, 맞아요. 이 직후에 시이타를 쫓아가서 신발장 앞에

서 고백했어요. 역시 난 시이타가 좋아, 네 여자 친구가 될
수 없을까, 하고요."

"시이타는 뭐라던가요?"

"잠시 멍하니 있다가 갑자기 쩔쩔매는 표정으로, 고맙지
만 자기는 아직 그런 걸 잘 모른다는 둥, 지금은 동아리 활
동이 제일 중요하다는 둥 그런 말을 입속으로 중얼거리면서
도망치듯 가버렸어요."

"아직 연애에 대해 별생각이 없었던 거겠죠."

"너무 일렀어요. 이 시점이 아니었던 거죠."

"그럼 회수합시다."

휙 내던져지듯 나는 3년 전의 과거로 숨어들었다.

조용한 복도. 벽에 붙은 포스터. 레몬색 햇빛이 비쳐
드는 창문. 창밖에서 들리는 행진곡.

중학교 건물이다. 그날의 1층이다. 다른 사람들은 아직
운동장에 있다. 그래서 인적 없이 조용하다. 아니…….

두리번두리번 둘러보는 내 눈에 학교 건물 출입구 쪽
으로 사라지는 작은 형체가 비쳤다.

살짝 구부정한 자세로 폴짝폴짝 뛰듯 걸어가는 뒷모습. 시이타다. 잘못 볼 리 없다. 그렇다면…….

나는 '보건실' 팻말이 걸린 방에 시선을 주었다. 과거의 나는 지금쯤 저기서 감동에 푹 젖어 있을 것이다. 그러다 끓어오르는 마음을 참지 못한다. 역시 시이타가 좋다. 그 마음을 전하고 싶다. 고백한다면 지금이다. 그렇다, 지금이다!

드르륵, 하는 소리와 함께 보건실 문이 열렸다.

큰일이다. 나는 얼른 여자 화장실 문가에 몸을 숨겼다. 어쩌지? 어쩌면 이날의 나를 막을 수 있지?

작전을 세울 여유도 없이 과거의 내가 쭉쭉 가까워졌다. 저돌적으로 힘차게 나아간다는 말을 그림으로 그린 듯한 발걸음. 무릎이 아픈 것도 잊어버렸고, 눈에는 시이타밖에 보이지 않는다.

순식간에 다가오는 과거의 내 모습을 보고 나는 반사적으로 움직였다. 운동복을 입은 과거의 내가 무시무시한 기세로 여자 화장실 앞에 접어든 순간, 재빨리 튀어나와서 오른발을 쭉 내밀었다.

내 발에 걸린 과거의 내가 허공에 떴다.

쿠당탕!

복도에 요란하게 넘어지는 소리.

"으어억!"

울려 퍼지는 비명.

또 같은 곳을 부딪쳤는지 과거의 나는 일어나지도 못하고 무릎을 부여잡은 채 몸을 움찔움찔 떨었다.

미안해. 하지만 고백해봤자 차일 뿐이야.

속으로 중얼거린 후 나는 이마의 땀을 닦았다.

미션 클리어.

"그럼 일단 돌아갈게요."

모리야 씨의 목소리가 들린 다음 순간, 나는 '현재'로 돌아왔다.

새까만 어둠과 정적. 시술실 침대다.

"고생 많았어요. 다소 거친 방법이었지만, 뭐, 성공은 성공이니까요."

"축하해, 유마. 모리야 씨가 대부분 생중계해줬어."

침대 양쪽에서 축하해줬지만 세계 일주라도 한 것처럼 나른해서 나는 순수히 기뻐할 수 없었다. 복도에서 끙끙대던 과거의 내 모습이 머리를 떠나지 않았다.

하지만 이걸로 됐다. 설령 무릎이 아파서 한동안 괴로울지라도 그 대가로 과거의 나는 마음의 고통에서 해방됐으니까. 이제 '시이타에게 동아리 활동이 제일 중요하다면' 하고 묘한 점에 자극을 받아 배구부에 가입하거나 내 세상을 넓히려고 기를 쓰거나 그 외에 여러 가지 쓸데없는 고생을 하지 않아도 된다. 아득히 먼 시간을 넘어간 내 덕분에.

"어라?"

열심히 마음을 다독이다가 어떤 사실을 깨달았다.

"저, 중학교 2학년 때 저 자신을 만난 기억이 없어요. 다리가 걸려서 넘어진 기억도요."

그 이후의 현실이 고백 없는 노선으로 수정됐다면 내가 복도에서 심하게 넘어진 일을 기억하고 있어야 하지 않을까.

갑자기 머리가 혼란스러워졌다.

"갱신된 당신 기억은 일단 내가 맡아뒀어요."

모리야 씨가 차분한 목소리로 설명했다.

"불필요한 정보도 포함해 3년 치의 갱신 데이터는 양이 어마어마하죠. 한꺼번에 머릿속에 들이부으면 부담이 심해서 나머지 두 번의 시간 여행을 할 수가 없답니다. 나중에 필요한 부분만 선별해서 업데이트해줄 테니, 일단 지금은 다음 여행에만 집중해요."

"아…… 네."

그렇다, 아직 고백을 두 번 더 회수해야 한다. 그때마다 일일이 기억을 갱신한다면 확실히 머리가 터지지 않을까 싶었다.

나는 심호흡을 한 번 하며 정신을 가다듬었다.

"그럼, 두 번째, 부탁드립니다."

"연달아 괜찮겠어요? 체력도 소모됐을 텐데. 시간을 넘나드는 건 아주 중노동이거든요."

"체력은 나름대로 자신 있으니까 괜찮아요. 기세를 몰아서 갈게요."

"알았어요. 오후부터 동아리 활동도 해야 할 테니까."

응? 만약 세 번째 고백이 사라졌다면 난 배구부가 아닌 것 아닌가…….

또 의문이 솟았지만 깊이 생각할 틈도 없이 모리야 씨가 다시 손을 내 손등에 얹었다.

"그럼 다시 집중해서 두 번째로 고백했던 날을 떠올려요."

비결을 파악했는지 이번에는 첫 번째보다 수월하게 그날로 돌아갔다.

○

5년 전 여름, 두 번째로 고백했던 날을 떠올렸다.

초등학교 6학년인 시이타와 나. 이성을 의식하기 시작할 나이임에도 아직 우리는 천진난만한 편이었던 것 같다.

초등학교 3, 4학년 동안 다른 반이었던 시이타를 당시 나는 그렇게 간절히 바라보지 않았다. 초등학교 1학년 때 싹튼 풋풋한 사랑을 간직하면서도, 때때로 다른 남자아이나 체육 선생님에게 관심을 보였고, 아이돌 가수와

결혼해 쌍둥이를 낳겠다는 장래 계획을 히구치에게 들려주기도 했다.

돌이켜보면 그 시절의 '좋아한다'라는 감정은 파와 죽순 절임만 넣은 라면 같은 것이었다. 뒷맛이 깔끔한 간장맛 라면. 중독될 만큼 걸쭉한 국물도, 기름기가 흐르는 차슈도, 배 속이 든든해지는 삶은 계란도 없다.

맑은 국물 속을 떠돌던 나는 1학년 때 실연했던 일조차 먼 옛날이야기로 여겼다. 이미 다 나은 상처 같은 것으로. 그렇기에 5학년 때 시이타와 다시 같은 반이 됐을 때, 앞으로 2년은 즐겁겠다며 가벼운 마음으로 들뜰 수 있었다.

그런데 실제로 새 학기가 시작되자 5학년 1반은 생각했던 것만큼 즐거운 반이 아니었다. 담임이 점수를 중시하는 인공지능 로봇 같은 사람이었던 것, 반 아이들 대부분이 학원이나 뭔가를 배우러 다녀서 바빴던 것, 반 아이들과 두루두루 친하고 이것저것 잘 도와주는 중심인물이 없었다는 것, 이렇듯 여러 요소가 어우러져 5학년 1반은 화기애애한 분위기와 거리가 멀었다. 다들 자신과 친한 그룹 속에서 같은 아이들끼리만 어울리고 필요 이상의 대화를 꺼리는 날들이 계속됐다.

나카무라라고, 그런 그룹에서 밀려난 남학생이 있었다.

나카무라는 아주 얌전하니 자기가 먼저 말을 걸지도, 누군가 말을 걸어주지도 않아서 늘 혼자 외톨이로 지냈다. 공부는 잘하는 빼빼 마른 아이였다. 반 아이들은 아무 피해도 끼치지 않는 그를 공격하지 않는 대신, 있으나 마나 한 존재로 쌀쌀맞게 무시했다. 시이타를 제외하고는.

"나카무라, 숙제 했어?"

"나카무라 이번 주에 나온 「점프」 봤어?"

"나카무라, 머리 눌렸어."

활기 없는 5학년 1반에서 유일하게 기운이 남아돌던 시이타는 풀 죽은 아이가 자기 눈에 띄는 걸 참을 수 없었는지도 모른다. 매일같이 말을 걸며 외톨이의 늪에서 나카무라를 끌어내려고 했다. 남학생들이 왜 저러냐는 눈으로 쳐다보거나 나카무라가 신통한 반응을 보이지 않아도 개의치 않고 "나카무라" "나카무라" 하고 계속 친근하게 굴었다. 동정심이나 정의감에서 비롯된 행동이 아니라 약한 존재를 보호하는 반사 신경 같은 것이 아니었을까 싶다.

동시에 5학년 1반의 삭막한 분위기와도 시이타는 싸우고 있었다. 본인이 알고서 그랬는지는 둘째 치고.

"시이타는 참 강하구나. 휩쓸리지 않아."

어느 날 내가 진지하게 중얼거리자 시이타는 이상한 표정을 지었다.

"휩쓸리다니, 어디에?"

"어디냐니…… 그런 이야기가 아니라."

"그럼 무슨 이야기인데?"

"휩쓸리지 않는다는 이야기."

"그러니까 어디에 휩쓸리지 않는다는 건지 알아듣게 말해봐!"

소년 시이타와는 대화가 성립되지 않을 때도 많았다. 그래도 뭔가에 잘 휩쓸리는 나로서는 할 수 없는 일을 해내는 시이타에게 새삼 끌렸다. 그리하여 사랑의 라면 국물은 다소 복잡한 풍미를 띠며 다시 부글부글 끓기 시작했다.

한편 시이타가 노력한 보람도 없이 나카무라는 점차 학교에 오지 않게 됐다. 계절이 바뀔 만큼 결석 횟수가 늘어났고 나카무라가 없는 교실이 당연한 풍경처럼 받아들여졌다. 새로운 반 배정도 없이 그대로 6학년으로 올라간 봄철 어느 날, 담임 로봇이 모두에게 알렸다.

"나카무라 군은 대안학교에 다니게 됐어요."

아이들이 살짝 놀라는 분위기가 교실에 퍼져나가는 가운데, 나는 얼른 창가 자리에 앉은 시이타를 돌아봤다.

나카무라는 학교를 그만둔 건가. 왜 그만둔 건가. 대체 어느 대안학교에 가는 건가. 시이타라면 로봇에게 질문을 퍼부을 것이다.

하지만 시이타는 그러지 않았다. 아이들이 웅성거리는 소리를 거부하듯 시이타는 감정을 억누른 얼굴로 창밖을 내다봤다.

그날 온종일 말수가 적고 웃음에 기운이 없고 평소보다 급식을 느리게 먹은(한 번 더 받아서 먹지도 않았다) 시이타가 걱정돼 나는 방과 후에 몰래 시이타를 미행했다.

시이타가 나카무라를 만나러 가지 않을까. 그런 짐작도 한몫했다.

하지만 예상과 달리 시이타는 나카무라의 집으로 향하지 않았다. 그렇다고 자기 집으로 가지도 않았다. 강가를 어슬렁어슬렁 걸어 다니고 의미도 없이 상점가를 빠져나가는 등 척 보기에도 '곧장 집에 가기 싫은 사람의 걸음걸이'로 동네를 돌아다녔다. 늘 앞만 보고 다니는지라 내가 거리를 두고 따라간다는 사실을 눈치채지 못한 듯했다.

오로지 앞으로 나아가던 시이타가 드디어 걸음을 멈춘 곳은 동네 외곽에 위치한 절이었다. 시이타는 아무것도 빌지 않고 본당을 지나쳐 안채보다 더 안쪽에 있는 정원의 연못 앞에서 멈춰 섰다.

배구 코트 한쪽 면 정도 크기의 연못. 시이타는 그 가장자리의 돌 앞에 서서 물을 들여다봤다. 마치 건전지가 다 떨어진 것처럼 꼼짝도 하지 않고.

뭘 하는 걸까?

저물어가는 하늘 아래, 시이타는 연못을 지키는 지장

보살상처럼 우두커니 서 있을 뿐이었다. 나는 뒤편에서 시이타를 몰래 지켜보는 데 지쳤다.

그래서 우연히 마주친 척하고 말을 걸기로 했다.

"어, 시이타? 뭐야, 우연이네. 이런 데서 뭐 해?"

속이 빤히 들여다보이는 연기다. 하지만 시이타는 내 말을 눈곱만큼도 의심하지 않고 돌아보자마자 대답했다.

"잉어가 있어."

"흐음."

잉어는 그렇게 보기 드문 물고기도 아니다. 그렇게 생각하며 나란히 서서 들여다보자 상상 이상으로 많았다. 광택이 흐르는 빨간색과 흰색 잉어가 녹차 색깔로 흐려진 물속에서 비늘을 반짝반짝 빛내며 헤엄치고 있었다.

"진짜다, 꽤 많네. 여기 새해 첫 참배를 하러 자주 오는데, 전혀 몰랐어."

몹시 조용한 시이타에게 말하자 나직한 목소리가 되돌아왔다.

"잉어 깃발은?"

"뭐?"

"잉어 깃발이 있는 건 알았어?"

"새해 첫 참배 때?"

"그게 아니라 오늘."

대화가 성립되지 않았다. 나는 머릿속을 정리하고 나서 다시 입을 열었다.

"으음, 오늘 잉어 깃발을 봤느냐는 뜻? 이 절에서?"

"응. 주지 스님 집 현관 앞에 있던 거."

"아니, 못 봤는데."

시이타의 뒷모습밖에 보지 않았다고는 말할 수 없었다.

"꽤 큼지막한 잉어 깃발이 있었어. 그걸 보고 나서 여기로 왔더니 진짜 잉어가 있어서 깜짝 놀랐지. 그리고 뭔가 생각이 나서……."

시이타의 목소리가 흐려졌다. 도중에 말을 흐리다니 시이타답지 않았다.

"무슨 생각이 났는데?"

"잉어 깃발을 진짜 잉어가 보면 기분이 어떨까 하는 생각."

"진짜 잉어가…… 잉어 깃발을 보면?"

"잉어 입장에서 생각해보니까 어쩐지 기분이 별로더

라고."

시이타는 시무룩한 표정으로 연못 가장자리의 돌을
살짝 걸어찼다.

"그게, 자기들을 토실토실 살찌운 것과 비슷하게 생긴
녀석이 실에 꿰어져서 장대에 묶인 채 하늘에서 펄럭거
리고 있잖아. 잉어 입장에서는 악몽이겠지. 인간 버전의
잉어 깃발이 있다면 무섭지 않겠어?"

시이타가 말한 인간 버전을 머릿속에 그려본 후 나는
고개를 깊이 끄덕였다.

"무섭네. 완전히 공포 영화야."

"그렇지? 게다가 엄마, 아빠, 아이들, 그렇게 한 가족이
구경거리가 되는 셈이잖아. 인간은 참 너무하다니까. 잉
어 입장이 돼보니까 인간 사회에 성질이 나더라. 뭐가 '지
붕보다 높은 잉어 깃발*'이야? 지붕보다 높이 올리지 마."

시이타는 잉어 입장에서 진심으로 인간 사회에 분통
을 터뜨리고 있는지 돌을 걸어차는 발길질에 서서히 힘

----

*   동요 「잉어 깃발」의 가사 중 일부

이 들어갔다. 그에 반응하듯 연못에서 빨간 꼬리가 튀어올라 자잘한 물보라가 허공에 흩어졌다. 잉어 세계에도 기운찬 녀석이 있는 모양이다.

"그런데 인간도 그렇지만, 잉어도 다양하지 않을까?"

차가워진 바람을 맞으며 수면에 이는 물결을 바라보고 있자니 문득 그런 말이 튀어나왔다.

"그중에는 작은 연못에서 살기보다 하늘을 날고 싶은 잉어도 있을지 몰라."

"하늘?"

"응. 연못을 헤엄치는 잉어보다 하늘을 나는 잉어가 되고 싶은 잉어. 그런 잉어가 잉어 깃발을 보면 의외로 가슴이 두근거리지 않을까? 저기에 꿈을 이룬 잉어가 있다면서."

그럴 리는 없나. 말을 끝내자마자 창피해졌다. 문득 옆을 보자 시이타가 발길질을 멈췄다.

"그렇구나."

"응?"

"과연, 그렇게 생각하면 되는구나."

시이타가 아까의 그늘이 싹 사라진 얼굴로 힘차게 고개를 끄덕였다.

"그래, 이왕이면 긍정적인 잉어가 되는 편이 낫겠지. 응, 그 사고방식을 받아들일게. 나도 앞으로 그렇게 생각해야겠어. 꿈을 이룬 잉어…… 즉 그거야. 잉어 깃발은 잉어들에게 자유의 여신인 셈이야."

악몽에서 자유의 여신으로. 빨라도 너무 빠른 변화에 어이없어하고 있자니 시이타는 "응, 응." 하고 만족스럽게 웃는 얼굴로 연신 고개를 끄덕였다.

생각의 전환이 빠른 아이. 1초 후에는 다른 곳에 있다. 늘 나를 두고 가버린다. 그렇기에 눈부시다.

"나카무라도 조그마한 세계에서 뛰쳐나가서 자유로워진 건지도 몰라."

나는 붉은 노을빛에 물든 시이타를 바라보다 그의 입에서 튀어나온 이름에 놀라 정신이 번쩍 들었다.

나카무라. 그렇다, 시이타의 표정이 시무룩했던 이유는 잉어 말고 또 있었다.

"나카무라가 이대로 떠나도 시이타는 괜찮겠어?"

숨을 죽이며 표정을 살피자 시이타의 눈동자가 잠깐 굳어졌다.

"뭐, 좀 속상하고 서운하지만 나카무라가 괜찮다면 나도 괜찮아."

"정말로?"

"응. 대안학교가 어떤 곳인지는 잘 몰라도 대안이 있다니까 여기보다는 자유롭겠지. 나카무라가 지금까지보다 자유롭고 편해진다면. 그게 나아. 다니고 싶지 않은 학교에 무리해서 다닐 필요는 없어."

"그런가…… 응, 그럴 수도 있겠네."

시이타는 그런 생각을 하면서 그 먼길을 걸어온 건가. 어쩐지 가슴이 뭉클해서 나는 목소리를 더 높였다.

"그 말이 맞아. 모두가 똑같이 공립학교에 다녀야 한다는 법은 없지."

"그럼, 그럼. 길은 여러 개가 있어도 돼."

"응. 어쩐지 학교에 있으면 거기가 전부라는 생각이 들지만."

"학교는 연못이야, 연못. 나카무라는 바다로 헤엄쳐

간 거고. 녀석은 의외로 모험가였던 거야."

오늘은 서로 묘하게 뜻이 잘 맞아서 세상은 넓다는 이야기를 신나게 떠들어댔다. 한편 그런 화제와는 다른 차원에서 나는 감동을 받았다. 시이타와 대화가 성립했다!

시이타와 말이 통했다. 톱니바퀴가 맞물렸다. 마음과 마음이 이어졌다. 그 일방적인 일체감이 나를 지붕보다 높이 밀어 올리고 어떤 방향으로 쭉쭉 밀고 갔다. 지금이라면 내 마음이 시이타에게 닿지 않을까. 고백한다면 대화가 성립된 지금밖에 없지 않을까. 절의 부처님도 응원해주지 않을까. 그렇다, 지금이다!

"여기네요, 두 번째로 고백하는 순간."

"네, 바로 이 지점이에요. 고백하고 싶은 마음이 발작하듯 밀려와서 말해버렸어요. 난 지금도 시이타를 좋아하니까 괜찮다면 사귀어달라고요."

"시이타의 반응은요?"

"갑자기 새빨개진 얼굴로 허둥대며 여자아이와 사귀다니 뭘 어쩌면 좋을지 모르겠다고 하더군요. 그래서 데이트를 하면 된다고 하니까 그건 안 되겠다고 고개를 휙휙 내젓더니, 지금은 데이트보다 만화를 보는 게 더 재미있다면서…… 엄청난 기세로 만화를 추천해줬어요."

"만화를 추천했다고요?"

"오다 에이치로의『원피스』요. 이제는 제 애독서죠."

"차이고 나서도 순순히 읽은 거로군요."

"아주 열렬히 추천했거든요. 시이타가 이렇게까지 좋아하는 만화라면…… 그런 기분으로 1권을 펼쳤는데 멈출 수가 없어서 골수팬이 됐어요."

"시이타에게 이성 교제는 아직 일렀네요. 그리고 당신에게도 너무 일렀던 것 아닌가요?"

"네. 이제는 알아요. 대화가 통하는 것과 사랑을 이루는 건 완전히 다른 문제였다는 걸요."

"그럼 회수합시다."

그리고 나는 그날로 숨어들었다.

동네 외곽에 위치한 절. 커다란 소나무가 있는 정원. 붉은 노을빛이 비치는 연못.

연못에는 그림자가 두 개 드리워져 있었다. 시이타와 나. 시이타는 지금 세상이 얼마나 넓은지에 대해 열변을 토하는 중이었다. 고백하기 직전이라 주저할 시간은 없었다.

나는 두 사람 뒤로 살금살금 다가갔다. 시이타는 이야기에 푹 빠져서 눈치채지 못했다. 그 옆에 있는 과거의 나도 시이타에게 푹 빠져서 알아차리지 못했다.

시이타만 똑바로 바라보는 과거의 나는 오로지 고백할 타이밍만 노리고 있다. 시이타의 이야기가 끊기는 순간을 숨죽여 기다린다.

드디어 시이타가 말을 멈췄다.

한순간의 빈틈. 과거의 내가 숨을 크게 들이마셨다.

"있지, 난 지금도 시이타를……."

말하게 놔둘 수는 없다.

나는 냉큼 뛰어가서 과거의 나를 힘껏 들이받았다.

쿵!

과거의 내가 앞으로 기울어졌다.

풍덩!

연못에 빠졌다.

미션 클리어.

눈을 뜨자 모리야 씨와 히구치가 좌우에서 어이없다
는 표정으로 나를 내려다보고 있었다.

"어쩐지 이럴 것 같기는 했는데, 역시 예상이 틀리지
않았네요."

"5년 전의 유마, 불쌍해."

우주여행이라도 하고 온 것처럼 피곤한 몸에 두 사람
의 시선이 따갑게 꽂혔다.

나는 마음을 독하게 먹고 말했다.

"괜찮아. 그 연못, 그렇게 안 깊으니까."

"과거의 일이라고 해서 그런 식으로……."

히구치는 이맛살을 찌푸렸다. 과거의 나를 위해서는 그
렇게 강경한 수단을 사용하는 수밖에 없었다. 물론 5년
전의 나는 고백을 방해한 훼방꾼을 원망하리라. 하지만
진상을 알면 분명 고마워할 것이다. 두 번째 고백이 '그
건 안 되겠다'는 한마디로 끝장나고 내 존재가 만화보다

밑이었다는 사실에 충격을 받은 것도 모자라『원피스』
이야기를 하염없이 들어야 하는 공허한 상황이 기다리
고 있다는 걸 알면…… 응? 만약 두 번째 고백이 사라졌
다면 난 루피와 만나지 못한 것 아닌가?

"모리야 씨." 하고 나는 힘없이 중얼거렸다. "빨리 나
머지 고백도 회수하러 가죠. 이런저런 잡생각이 떠오르
기 전에 전부 끝내고 싶어요."

마음이 흔들리기 전에. 정체불명의 불안감에 삼켜지
기 전에. 과거로 향할 기력이 남아 있는 사이에.

"쉬지 않아도 되겠어요? 녹초가 됐을 텐데."

"한 번 정도는 어떻게든 할 수 있을 거예요. 동아리 활
동으로 체력을 키웠으니까요."

아니지…… 동아리에는 가입 안 했던가?

아아, 싫다. 머릿속이 엉망진창이다.

"모리야 씨, 빨리요."

헐떡이듯 말하며 모리야 씨에게 손을 내밀었다.

"부탁드릴게요."

"알았어요."

모리야 씨의 손이 내 손등에 얹혔다.

"마지막 시간 여행이네요. 목적지는 10년 전. 좀 멀지
만 힘내서 똑똑히 떠올려요."

○

10년 전, 처음으로 고백했던 날을 떠올렸다.

아니, 그렇게 바로 떠오르지는 않는다. 10년은 멀다.
추억에 세월의 막이 씌워져 있다.

초등학교 1학년인 시이타와 나. 얼마 전까지 유치원
에 다녔던 우리는 아직 진짜 어린아이였다. 이성을 의식
하기는커녕 자의식조차 흐리멍덩했던 그 시절.

유치원보다 훨씬 큰 초등학교라는 상자에 담겨서 눈
이 빙글빙글 돌 만큼 커다란 집단의 일원이 됐다. 학교
선생님. 상급생. 동급생. 인생의 등장인물이 단숨에 늘어
나서 매일매일 정신이 없었다. 담임 선생님. 같은 반 아
이. 가까이 있던 사람의 얼굴조차 어렴풋하게밖에 생각
나지 않는 건 내가 늘 멀뚱하게 지냈던 탓이리라.

불확실하게 흐려 보이던 그 세계에서 얼굴 하나가 선명하게 빛나며 두드러져 보인 건 언제부터였을까.

2학기 때 자리를 바꾼 결과, 남학생들 사이에서 표고버섯*이라고 불리던 남학생과 짝꿍이 됐다. 이름은 하라다 시이타. 수업시간에는 계속 주변을 두리번거렸고 쉬는 시간에는 온 교실을 뛰어다니느라 까진 상처를 달고 살았다. 차분하지 못한 아이. 처음에는 그 정도 인상이었다.

어느 날, 한 달에 한 번 있는 '도시락 싸 오는 날'에 시이타가 작은 소동을 일으켰다.

시이타는 내 옆자리에서 순식간에 도시락을 먹어치운 후 작은 밀폐용기를 열고 와삭와삭 소리를 내기 시작했다. 곁눈질로 살피자 시이타는 감씨과자를 먹고 있었다.

와삭와삭. 아작아작. 도시락에서 나서는 안 될 법한 소리에 주목한 건 나뿐만이 아니었다. 그의 주변에서 동요의 물결이 살짝 퍼져나갔다.

---

*   표고버섯은 일본어로 '시이타케'다

마침내 한 아이가 소리쳤다.

"표고버섯이 과자 먹는데요!"

이번에는 반 아이들이 전부 시이타를 돌아봤다.

하지만 시이타는 아무렇지도 않게 말했다.

"달지 않으니까 과자 아니야."

이것이 큰 논쟁의 불씨가 됐다.

"달지 않아도 과자야."

"감씨과자는 어른의 과자라고 생각해."

"과자를 학교에 가져오면 안 돼."

"내 도시락에도 곤약 젤리 들었는데."

"곤약 젤리는 과자가 아니야. 곤약이지."

"그럼 감씨과자도 과자가 아니라 감일지도 모르겠네."

"그건 무슨 소리야."

아이들이 시끄럽게 논쟁을 벌이는데도 시이타 혼자 표정 변화 없이 감씨과자를 와삭와삭 씹어 먹었다. 나는 의연한 그 옆얼굴에 끌렸다. 애당초 이 아이는 맵지 않을까. 혀가 얼얼한 감씨과자를 여유만만하게 먹는 그 모습에 묘한 존경심마저 싹텄다.

"다들 남이 뭘 먹든 상관하지 말고, 자기 도시락을 먹읍시다. 그리고 시이타 군, 선생님도 감씨과자는 디저트가 아니라고 생각해. 다음에는 엄마에게 진짜 감을 싸 달라고 부탁하렴."

결국 담임인 호리카와 선생님이 수습하러 나섰을 무렵, 밀폐용기에 감씨과자는 딱 하나 남아 있었다. 시이타는 마지막 감씨과자를 소중하게 집어 들고 작별을 아쉬워하듯 빤히 바라봤다.

나는 무심코 말을 꺼냈다.

"땅콩이 아니구나."

시이타의 부리부리한 눈이 이쪽을 향했다.

"땅콩?"

"우리 아빠는 늘 땅콩을 마지막으로 먹거든."

그렇구나, 하고 흘려 넘긴 후 시이타는 또 감씨과자를 들여다봤다.

그리고 한마디했다.

"저기, 이걸 심으면 나무가 자라서 감씨과자가 열릴까?"

열리지 않는다. 절대로 열리지 않는다. 지금이라면 신에게 맹세할 수 있다. 하지만 당시는 아직 세상의 이치에 별로 자신이 없어서, 아마 열리지 않을 것이라고 생각하면서도 "모르겠어." 하고 모호하게 고개를 저었다. 그리고 "시험해보자."라는 시이타의 제안에 어째선지 바로 응했다. 열릴지 말지는 제쳐놓고 과자 씨앗을 심는다니 재미있겠다고 생각한 것이리라.

아껴놓은 계란말이를 도시락에 남겨둔 채 나는 시이타를 따라 학교 건물 밖으로 달렸다. 시이타는 남의 눈에 잘 띄지 않는 화단 한구석에 감씨과자를 심기로 했다.

"아무한테도 말하지 마. 크게 키워서 깜짝 놀라게 해주자."

비밀을 공유한 우리는 그 후로 점심시간마다 화단에 가서 싹이 텄는지 확인했다. 내가 '설마' 하는 마음을 품는 반면, 시이타는 매번 진심으로 기대했고 진심으로 실망했다. 나는 점점 시이타를 위해 싹이 트기를 바라게 됐다.

아빠가 좋아하던 감씨과자를 먹어보기로 한 것도 그

무렵이었다. 감씨과자를 당당하게 먹어치우는 시이타를 동경해 나도 통 손이 가지 않았던 감씨과자와 친해져보기로 했다. 처음에는 한 개, 다음 날은 두 개 하는 식으로 조금씩 먹는 양을 늘려서 혀가 매콤한 자극에 익숙해지도록 했다. 그리고 중독됐다. 만약 감씨과자가 열린다면 아빠 것을 얻어먹지 않아도 실컷 먹을 수 있다. 얼마 지나지 않아 나는 그런 야심을 품게 됐다.

물론 감씨과자는 열리지 않았다. 점심시간에 화단으로 향하는 우리의 발걸음은 점차 무거워졌고 씨앗을 심은 지 열흘쯤 지났을 무렵 시이타가 단념했다.

"오늘도 싹이 나오지 않았으면 포기하자."

날씨가 흐리고 쌀쌀한 오후의 화단. 나는 전에 없이 두근거리는 마음으로 씨앗을 심은 곳을 살펴봤다.

싹은 트지 않았다. 그 순간에 실망감을 느낀 건 감씨과자를 실컷 먹지 못하게 돼서가 아니라 이제 시이타와 함께 점심시간을 보낼 수 없기 때문이었으리라.

"쳇. 역시 안 되나."

시이타도 대놓고 실망하며 화단을 둘러싼 벽돌에 털

썩 앉았다.

"매일 열심히 빌면 마법이 일어날 줄 알았는데."

"감씨과자를 파내서 살펴볼까?"

나는 시이타 옆에 앉아서 물었다.

"이제 됐어. 개미한테 줄래."

"매워서 개미가 깜짝 놀라지 않으려나."

"아아. 숲을 보고 싶었는데."

남의 이야기는 들은 척도 않고 시이타가 말했다.

"숲이라니?"

"감씨과자 나무를 커다랗게 키워서 그걸 숲으로 만들고 싶었거든."

이렇게, 하고 시이타는 두 팔을 크게 벌리고 몸을 뒤로 젖히며 힘차게 말했다.

"감씨과자의…… 숲?"

"응, 숲. 그 숲을 전 세계에 퍼뜨리는 거지. 그리고 여기저기서 감씨과자가 잔뜩 열리면 다 함께 먹는 거야. 숲이니까 아무리 먹어도 없어지지 않아. 그러면 다들 배가 불러서 행복해지겠지?"

반짝이는 눈으로 말하던 시이타가 "하지만" 하고 고개를 숙였다.

"마법은 일어나지 않았어."

"시이타……."

혼자 실컷 먹을 생각을 했던 나와 달리 시이타는 세상 사람 모두가 행복하길 바라며 싹이 트기를 기다렸다. 전 세계 방방곡곡에 펼쳐지는 감씨과자 숲. 그 장대한 꿈에 압도당했고 진심으로 감명을 받았다. 이 남자아이는 어쩐지 크다. 그리고 아주 따뜻하다.

"시이타."

나는 시이타를 쳐다보고 말했다.

"여기네요. 인생에서 처음으로 고백하는 순간."

"네. 여기서 고백했어요."

"뭐라고 했나요?"

"그냥 마음을 그대로 말했죠. 아무 생각도 없이 '나, 시이타를 좋아해.' 하고."

"시이타는 뭐라고 했나요?"

"나도 유마가 좋아, 라고요."

"서로 좋아했네요!"

"하지만 그 후에 이러더라고요. 미도리랑 겐마랑 호리카와 선생님도 좋아한다고."

"시이타도 아무 생각 없었던 거로군요."

"병아리 같은 1학년이었으니까요."

"그럼 회수하러 다녀오세요."

"잠깐만요."

"네?"

"아무리 그래도 초등학교 1학년에게 너무 거친 방법은 사용하고 싶지 않네요. 그래서 작전을 하나 세웠어요. 여기보다 좀 더 전으로 숨어들 수도 있나요?"

"좀 더 전?"

"두 사람이 화단으로 가기 전요."

"식은 죽 먹기죠."

그리하여 나는 세 번째이자 마지막 시간 여행을 떠났다.

초등학교 점심시간. 학교 건물과 수영장 울타리 사이

에 위치한 화단. 서늘한 늦가을 바람.

운동장에서는 급식을 다 먹은 아이들이 놀고 있었고 학교 건물에 가려진 화단 주변에는 아무도 없었다.

나는 재빨리 작전에 나섰다. 선명한 오렌지색 코스모스가 피어난 화단에서 작은 잡초를 뽑았다. 그리고 시이타와 내가 감씨과자를 묻은 화단 한구석에 다시 심었다.

고작 1분 만에 작전 완료. 마치 기다렸다는 듯 사람이 두 명 다가왔다. 초등학교 1학년인 시이타와 나였다.

나는 서둘러 화단 반대쪽으로 돌아가서 가짜 싹을 발견하는 두 사람의 모습을 활짝 핀 코스모스 사이로 지켜봤다.

"야, 봐, 싹이 돋았어."

"우와, 진짜네. 싹이야."

"싹이 나왔다!"

"드디어 나왔다!"

두 사람은 신나게 웃으며 폴짝폴짝 뛰었다. 진동이 땅을 타고 전해졌다.

"드디어 마법이 일어났다!"

"굉장해, 굉장해."

시간의 흐름이 바뀌었다. 이제 시이타는 감씨과자 숲 이야기를 구구절절 꺼내놓지 않을 테고 나도 대뜸 고백하지 않을 것이다. 다행이다. 전부 잘 마무리됐다. 그런데도 어째선지 마음이 조금도 들뜨지 않았다.

"여기저기서 감씨과자가 잔뜩 열리면 다 함께 먹는 거야." 하고 눈을 반짝이며 말했던 시이타. 난 그 모습을 모르고 살아가는 거구나. 감씨과자를 먹을 때마다 감씨과자 숲을 어렴풋이 머릿속에 그리며 시이타의 따스한 마음씨에 감싸이지도 않고. 그렇게 생각하자 아주 소중한 것을 잃어버린 기분이라 심장이 쿵쿵 뛰었다.

돌이켜야 할 일을 돌이켰다. 그런데 왜 이렇게 아쉬운 걸까. 미션은 무사히 완수했다. 그런데 왜 이렇게 마음이 괴로운 걸까. 대체 왜 우는 거지?

코스모스 사이로 보이는 두 사람의 모습이 순식간에 젖어들어 시야에서 사라졌다.

스스로에게 물어볼 것도 없이 실은 알고 있었다. 겨우 깨달았다. 여기까지 와서야 제일 중요한 사실을.

10년 전의 고백. 흐지부지 넘어갔어도 그 일이 있었던 덕분에 감씨과자라는 마음의 진정제를 손에 넣었다.

5년 전의 고백. 이루지는 못했어도 시이타와 똑바로 마주한 덕분에 『원피스』라는 활력의 원천과 만났다.

3년 전의 고백. 무참히 깨졌어도 그 일을 계기로 동아리 활동을 시작했고 꽤 진심으로 배구에 열중해 시이타 이외의 일로도 울거나 웃을 수 있게 됐다.

나는 고백할 때마다 시이타에게 얽매어 내 세계를 작게 만든 것이 아니다. 그 이면에서 다른 세계를 키워왔다. 시이타 덕분에 반짝이는 보물을 수많이 발견했다.

시이타가 빛의 씨앗이었다. 시이타를 '좋아하는 마음'이 지금까지 쭉 내게 빛을 비춰줬다.

나는 소리 내어 울면서 화단 건너편으로 마구 뛰어갔다.

"꺅."

"누, 누구야!"

느닷없이 '엉엉 울며 나타난 여고생'을 보고 두 사람은 겁을 먹었다. 나는 아랑곳없이 화단 구석으로 성큼성큼 나아가서 잡초를 뽑아 땅에 내던졌다.

"아앗."

발로 콱콱 짓밟았다.

"아아앗."

나는 얼어붙은 두 사람에게 등을 돌리고 다시 뛰어
갔다.

미션 실패.

○

"고생 많았어요."

무거운 눈꺼풀을 들었다. 새까만 천장이 눈물에 젖어
보였다. 절망에 찬 빛깔이었다.

"어쩌지."

나는 양손을 힘없이 쳐들어 눈물과 콧물로 범벅이 된
얼굴을 덮었다.

"터무니없는 짓을 저질렀어. 감씨과자도, 『원피스』도,
동아리 활동도 전부 시이타가 준 보물이었는데……."

돌이킬 수 없는 일을 돌이키려다가 돌이킬 수 없는 짓을 저지르고 말았다.

"뭘 이제 와서."

너무나 어리석은 내 후회를 모리야 씨가 단호한 목소리로 잘라냈다.

"당신이 바란 거잖아요."

"알아요. 하지만……."

너무 무서웠다.

"현재의 저는 어떻게 됐나요? 시이타에게 고백하지 않은 저는 어떻게 살고 있어요? 정말로 살아 있기는 한가요?"

"살아 있잖아요, 이렇게."

모리야 씨가 내 팔을 잡았다.

"나머지는 본인 눈으로 직접 확인해요."

"어……."

머뭇거리는 나를 끌고 가듯 모리야 씨가 옆방으로 데려갔다. 아득하게 오랜 시간이 지난 것 같은 기분이었는데, 창문으로 보이는 하늘은 색깔에 큰 변화가 없었다.

"똑똑히 잘 살펴봐요. 시간 여행 전과 뭐가 어떻게 달라졌는지."

모리야 씨의 말에 나는 숨을 삼켰다. 가슴이 세차게 뛰는 걸 느끼며 유죄 판결을 기다리는 죄수 같은 심정으로 셋이 둘러앉아 이야기를 나눴던 테이블을 살펴봤다. 아까 접시에 담아뒀던 감씨과자…….

"엇……?"

있다. 감씨과자가 아직 있다. 분명히 있다.

어떻게 된 거지?

머릿속이 혼란스러웠다. 이어서 비틀비틀 보스턴백으로 향했다. 지퍼를 열자 넣어온 운동복이 그대로 들어 있었다.

"엇……?"

이번에는 바들바들 떨리는 손을 스마트폰으로 뻗었다. 대기화면에 루피의 얼굴이 있었다.

"엇……?"

아무것도 바뀌지 않았잖아? 왜?

"즉 이렇게 된 거예요."

뭐가 어떻게 된 건지 몰라 얼떨떨한 기분이었는데 뒤에서 모리야 씨 목소리가 들렸다.

"초등학교 1학년 때, 느닷없이 나타난 무서운 누나가 감씨과자 싹을 짓밟고 떠나자 시이타는 의기소침해져서 화단 가장자리에 주저앉아요. 그리고 이걸로 감씨과자 숲은 사라졌다며 자신이 구상했던 계획을 이야기하죠."

"아."

결국 똑같은 흐름으로 돌아갔다는 뜻?

"그럼……, 하지만 연못에 빠진 6학년의 저는요? 복도에 넘어진 중학교 2학년의 저는요?"

"그거야 물어볼 필요도 없지."

멈출 줄 모르고 떨리는 내 어깨를 히구치가 뒤에서 끌어안았다.

"과거의 너를 얕보지 마. 6학년 때 넌 연못에서 기어 나와서 시이타에게 고백했어. 중학교 2학년 때도 좀비 뺨치는 뚝심을 발휘해 죽어라 시이타를 쫓아가서 역시 고백했고. 네가 그렇게 쉽게 시이타를 포기할 리 없잖아."

"……."

몸에서 힘이 쭉 빠졌다. 저세상이라도 떠돌다 온 것처
럼 시간 여행의 피로가 단숨에 밀려왔다.

시야가 점점 어두워지는 가운데, 나는 초점이 맞지 않
는 눈으로 모리야 씨를 쳐다봤다.

"과거의 제가…… 정말로?"

모리야 씨는 어깨를 으쓱하며 장난스럽게 웃었다.

"맞아요. 나중에 기억을 업데이트해줄게요. 아주 볼만
할걸요?"

그 자리에 쓰러지기 직전, 오늘 동아리 활동은 못 가
겠다고 생각한 걸 기억한다.

의식을 잃은 사이에 기억이 수정됐다. 과거의 나는 분
명 좀비같이 불굴의 집념으로 세 번 고백했고 그 모습은
나 자신이 보기에도 아주 볼만했다.

무릎에서 피가 뚝뚝 떨어지는데도 죽을 둥 살 둥 시이
타를 쫓아가는 나. 돌아보고 비명을 지르는 시이타.

연못에서 기어 나온 후, 온몸이 흠뻑 젖었는데도 아랑
곳없이 고백하는 나. 잉어 괴물이라도 나타난 것처럼 바

라보는 시이타.

화단에서 고백을 거절당한 후 시이타와 함께 '악마 같은 언니가 나타났다'라고 호리카와 선생님에게 이르러 갔던 나. 수상한 사람의 특징을 물으니 미래의 나인 줄도 모르고 얼굴 그림을 그렸던 시이타.

시술실 침대에서 깨어난 나는 웃음 터지는 장면들을 몇 번이고 머릿속으로 떠올리며 많이 웃었고, 많이 울었다.

고마워, 과거의 나.

의식을 잃은 사이에 기억이 업데이트되면서 체력도 충전됐는지 깨어난 후에는 몸 상태가 많이 좋아졌다. 이정도면 동아리 활동을 하러 갈 수 있을 것 같아서 얼른 돌아가기로 했다.

"정말 큰 도움이 됐어요. 1200엔으로 이렇게까지 해주시다니 뭐라고 감사의 말씀을 드려야 할지……."

"나야말로 일하면서 아주 즐거웠어요. 신나는 여행을 따라간 기분이랄까."

모리야 씨는 내 감사의 마음을 슬쩍 받아넘기며 말했다.

"그런데 네 번째 고백은 어쩔 생각이에요?"

"물론 결행해야죠. 여기서 주눅 들면 과거의 제게 미안하니까요."

나는 지체 없이 대답했다.

"행운을 빌게요."

모리야 씨가 미소 지으며 한 손을 내밀었고 나는 꼭 마주 잡았다.

나를 아주 멀리까지 데려가준 손.

흐뭇하게 웃으며 악수를 나누는 우리 옆에서 히구치가 불쑥 중얼거렸다.

"나도 이제 관찰자 노릇을 그만둘까."

그다음 날, 모리야 씨에게 선언한 대로 방과 후에 시이타를 옥상으로 불러냈다.

아주 진부하게도 옥상을 고백의 무대로 선택한 건, 어차피 내 마음은 빤히 다 보일 테니 왕도 중의 왕도를 나아가서 미련 없이 끝장을 보자고 생각했기 때문이다. 기분만 따지자면 완전히 옛날 검객이나 다름없었다.

미야모토 무사시와 대결하는 사사키 고지로*처럼 기다리기를 5분, 드디어 시이타가 모습을 나타냈다.

"안녕."

시이타는 평소와 다름없이 약간 구부정한 자세로 쑥스러운 듯 손을 들었다. 하지만 웃음이 약간 어색했다. 역시 들통났다.

그렇다면 이야기가 빠르겠다 싶어 나는 서론을 깔지 않고 바로 본론으로 들어가려 했다.

"시이타, 있지, 이미 알겠지만……."

말하면서 다가가서 어쩐지 안절부절못하는 시이타의 정면에 섰다.

시이타 뒤에 중학교 2학년 때의 그가, 그 뒤에 초등학교 6학년 때의 그가, 또 그 뒤에 초등학교 1학년 때의 그가 보였다.

이 세상에 시이타가 있어서 다행이야.

---

*   일본 전국시대 말기의 검객. 미야모토 무사시가 결투 시간에 늦게 왔다

시이타를 좋아한다는 생각이 넘쳐났다. 시이타를 좋
아하는 마음이 날뛰었다. 더는 말을 참을 수가 없었다.

"나, 역시 시이타를……."

"잠깐!"

그때 시이타가 오른 손바닥을 앞으로 내밀고 말했다.

"어, 잠깐만. 내가 먼저 말할게."

"먼저?"

지금까지 겪어보지 못한 전개에 당황하면서도 나는
양보했다.

"응, 알았어."

"음, 사카시타와는 초등학생 때부터 쭉 친구였고 같은
반이 된 적도 많아서 그런지, 공기 같다고 할까 남매 같
다고 할까 내게는 그런 존재였어. 여자로서 생각해본 적
은 전혀 없었는데……."

아, 역시 틀렸나. 그렇겠지. 허탈해도 묘하게 수긍됐
다. 하지만 시이타는 말을 멈추지 않았다.

"그런데 요전에 배구부의 이상한 녀석이 사카시타에
게 치근덕거린 후부터 어쩐지 몹시 신경 쓰이더라고. 설

마 비치발리볼 동아리에 들어가지는 않겠지, 합숙이라니 말도 안 돼, 별로 친해 보이지도 않는 녀석이 사카시타에게 너, 너 거리다니…… 그런 생각이 자꾸……."

시이타가 벌겋게 달아오른 얼굴로 머리를 세게 긁적였다. 혹시…….

"그래서, 그, 생각했어. 아니, 떠올랐어. 어릴 적부터 중요한 순간에는 늘 네가 내 옆에 있어줬고, 함께 바보 같은 짓을 하면서 놀았고, 강렬한 추억에는 어째선지 늘 네 모습이 어른거린다는 게…… 그런 네가 만약 다른 사람의 여자 친구가 된다면 기분이 어떨까? 상상해보니까 가슴이 너무 뛰어서 견디질 못하겠더라고……."

혹시, 어쩌면…….

"그래서 지금까지는 듣기만 했지만, 오늘은 내가 말할게. 사카시타, 나……."

네 번째 고백을 하지 못한 날, 나는 처음으로 고백을 받았다.

좋아해

갑자기 안절부절못하는 심정으로

친구에게 SOS

이야기를 들어줬으면 해

아무래도 나 그 애가

'그런 건 알고 있어 벌써 몇 번이나'

그렇듯 시원찮은 반응

귀에 딱지가 앉아도 상관없으니 들어줘

못 견디겠어

이제 그 애에게 네 번째 고백을

허튼 기대감만 있는 짝사랑은 씁쓸할 뿐

친구라도 괜찮아

지나가면서 나누는 짧은 인삿말

그것만으로도 충분하다고

생각했는데

머리에서 떠나지 않는 너의 목소리

만약 너에게 마음을 한 번도

전하지 않았다면 어떨까

익숙해진 고백은 조금도

설레지 않잖아

처음으로 마음을 전했던 십 년 전

너무 순진했어

다음 오 년 전에도 너무 가벼웠고

그다음 삼 년 전에도 마찬가지

만약 몽땅 다시 할 수 있다면

자, 시간 여행이야 그날로

되돌리자 첫 고백을

전부 모조리 없었던 일로

그걸로 됐어

그걸로 된 건가

몇 번 차이며 실망했어도

쓰라린 심정을 되풀이했어도

그때마다 네가 좋아하던 것을

어느새 나도 좋아하게 됐어

그건 이제 무엇과도 바꿀 수 없는 내 보물

실패해도 괜찮아

다시 한번 말할게

나 널

好きだ

急に居ても立っても居られず

友達にSOS

話聞いて欲しいんだ

やっぱり私 彼のことが

「そんなこと知ってるもう何度も」

薄っぺらなそんなリアクション

耳にタコが出来ててもいいから聞いて

我慢出来ないんだ

いざ彼に四回目の告白を

期待薄い片思いなんて苦いだけ

友達でいいよ

すれ違いざま 一言交わすだけ

それだけでいいなんて 思ってたのに

頭から離れない君の声

もしも君に想いを一度も

伝えていなかったらなあ

慣れた告白なんてちっとも

ときめかないよね

初めて想い伝えた十年前

あまりにも無邪気だった

次の五年前も軽すぎたし

次の三年前もそうだ

もしも根こそぎ全部やり直せたのなら

さあタイムトラベルだ あの日まで

取り返そう 初めての告白を

全部全部無かったことに

それでいいんだ

それでいいんだっけ

何回フラれてがっかりしたって

苦い想い繰り返したって

その度触れた君の好きなものが

いつしか私の好きものになったんだ

それはかけがえない今の私の宝物

失敗してもいい

もう一度言うよ

私 君のことが。

옮긴이 **김은모**

대구에서 태어나 경북대학교 행정학과를 졸업했다. 일본어를 공부하던 중 일본 미스터리의 깊은 바다에 빠져 전문 번역가의 길에 들어섰다. 국내에 알려지지 않은 다양한 작가의 작품을 소개하고자 노력하고 있다. 우리말로 옮긴 책으로는 미쓰다 신조의 『걷는 망자, '괴민연'에서의 기록과 추리』, 유키 하루오의 『심계』『교수상회』, 나가이 사야코의 『고비키초의 복수』, 이가라시 리쓰토의 『법정유희』, 아단 미오의 『라부카를 위한 소나타』, 아시자와 요의 『나쁜 것이 오지 않기를』『죄의 여백』 등 다수가 있다.

처음으로

1판 1쇄 인쇄 2024년 12월 3일
1판 1쇄 발행 2024년 12월 17일

지은이 시마모토 리오, 츠지무라 미즈키, 미야베 미유키, 모리 에토
옮긴이 김은모

발행인 양원석 **편집장** 김건희
디자인 최승원, 김미선 **영업마케팅** 조아라, 박소정, 한혜원, 김유진, 원하경

펴낸 곳 ㈜알에이치코리아
주소 서울시 금천구 가산디지털2로 53, 20층 (가산동, 한라시그마밸리)
편집문의 02-6443-8902 **도서문의** 02-6443-8800
홈페이지 http://rhk.co.kr
등록 2004년 1월 15일 제2-3726호

ISBN 978-89-255-7437-0 (03830)